Cuarteto

Soledad Puértolas

Cuarteto

EDITORIAL ANAGRAMA
BARCELONA

Ilustración: foto © Mumemories / Getty Images

Primera edición: noviembre 2021

Diseño de la colección: Julio Vivas y Estudio A

© Soledad Puértolas, 2021

© EDITORIAL ANAGRAMA, S. A., 2021
    Pedró de la Creu, 58
    08034 Barcelona

ISBN: 978-84-339-9938-2
Depósito Legal: B. 16732-2021

Printed in Spain

Romanyà Valls, S. A., Sant Joan Baptista, 35
08789 La Torre de Claramunt

Para Diego y Gustavo

1. *HORROR VACUI*
(HORROR AL VACÍO)

En un año lejano y perdido en la historia y en un reino todavía más remoto y perdido, ocurrió un hecho que conmocionó de forma extraordinaria a sus pobladores y que extendió su fama y su influencia hasta unos límites hasta el momento desconocidos. El caso se comentó más allá de sus fronteras y, en cierto sentido, las empujó hacia atrás, casi las derribó.

La idea de *horror vacui* estaba en el aire. Todo el mundo sabía, más o menos, qué era. Más o menos. Es decir, se sabía muy poco, apenas nada. Una enfermedad, desde luego, pero una enfermedad enigmática, ya que no podía contraerla cualquiera y, por lo que se decía, tampoco era contagiosa. No era como la peste, de la que, por desgracia, se había tenido cierta experiencia. La peste había invadido el reino en diferentes oleadas como el más destructor de los ejércitos enemigos. Había supuesto, en un principio, reclusión y confinamiento y, finalmente, entierros masivos, grandes hogueras purificadoras y denodados esfuerzos de supervivencia. Cada vez que la epidemia había hecho su aparición, se había tenido que poner en marcha el difícil proceso del combate e, inmediatamente, ya vencida la enfermedad, volver a plantar los cimientos de una nueva pero precaria y frágil sociedad, más endurecida que la anterior y más desconfiada, llena de vicios egoístas, que luego llevaba largo tiempo extirpar.

¡Qué difícil es que los seres humanos abandonen sus malas costumbres tras un periodo de disipación!, ¡qué costoso resulta, a su vez, reinstaurar la normalidad perdida por terribles causas imprevistas y volver a plantar en los corazones humanos sentimientos de compasión y generosidad!

Por fortuna, el *horror vacui* no era una plaga. Tenía otra particularidad, la enfermedad escogía a sus víctimas entre gente que, en general, disfrutaba de ciertos privilegios. Era raro que a un simple campesino le acometiera el *horror vacui.* En cambio, había casos, aunque pocos, en que un soldado había sucumbido al extraño mal. Se conocía a uno o dos clérigos que habían sido atacados por la enfermedad, se rumoreaba que, en un famoso convento de monjas, había habido un brote –por fortuna, había podido podarse a tiempo– en la misma cúpula del poder. Pero era en las casas de los nobles donde la enfermedad transitaba con mayor comodidad, lo cual desconcertaba a los galenos, aunque, a la vez, les servía para incrementar los honorarios que pedían por la prestación de sus servicios. El *horror vacui,* por lo que se decía –todo eran rumores–, producía en sus víctimas un irreprimible anhelo de actividad y urgencia, un desasosiego que les impedía detener el flujo de sus impulsos, movimientos y actividades. Los enfermos, en cuerpo y en alma, se sentían condenados a mantener una incesante actividad. En cambio, los sentimientos, que crecen en la parte más profunda y, en cierto sentido, más estática de los seres humanos, no sucumbían al contagio de ese afán frenético. No luchaban contra él, se retraían. Se reducían al máximo. Quién sabe si no llegaban a desaparecer.

Los enfermos de *horror vacui,* aunque no paraban de moverse y siempre tenían algo en las manos, por lo que no prestaban demasiada atención a cuanto les decían los demás, tenían un aspecto bastante normal, pero en las escasas ocasiones en que se detenían, en que se quedaban fugaz pero completamente inmóviles, producían la terrible sensación de no tener nada dentro. Eran seres vacíos. Sí, ahí se captaba la esencia del terrible mal. Ese era, sin duda, el *horror vacui*.

Alrededor de la misteriosa enfermedad habían proliferado todo tipo de sacerdotes, curanderos y charlatanes, que decían conocer el remedio y que competían entre ellos para ganarse la confianza de los más distinguidos y adinerados enfermos. La credulidad que frente a esa clase de penalidades muestran los hombres y las mujeres de la nobleza es equiparable a la que surge entre las gentes más pobres e incultas. En los dolores y estragos que causa la enfermedad, todos somos iguales. Ricos y pobres, nobles y villanos, todos empeñan sus bienes –pocos o muchos– cuando les anima la esperanza de sanar.

Empezó siendo un vago rumor, pero, poco a poco, fueron extendiéndose noticias, que provenían de fuentes muy distintas, sobre su veracidad. La princesa heredera del trono había caído enferma. Se trataba de aquella dolencia maldita, el terrible y, por lo que parecía, incurable *horror vacui*. Las enfermedades resultan especialmente crueles cuando atacan a un cuerpo muy joven, en la flor de la edad. Más aún, cuando ese cuerpo reúne todos los requisitos de perfección y de armonía. ¡Qué triste espectáculo ofrece la destrucción de la belleza! Los hombres y las mujeres del reino estaban consternados. ¿Quién podía soportar la idea de que tras la hermosa apariencia de la joven no hubiera nada, tal como a veces se atisbaba en sus ojos carentes de expresión, perdidos dentro de sí mismos, espantosamente vacíos? ¡Pobre princesa!, ¡pobre Rey, también, que había enviudado en el mismo instante en que su única hija viera la luz que ilumina la tierra que habitamos! Los pobladores del reino estaban desolados.

Al fin, la noticia se hizo oficial. En la plaza mayor de los pueblos se leyó un Comunicado Real. La princesa estaba gravemente enferma. Se habían probado ya numerosos remedios, pero ninguno había dado resultado. El Rey, antes de perder toda esperanza, se dirigía a su pueblo para pedirle ayuda, la que le pudieran prestar. Cualquier sugerencia, viniera de donde viniere, sería considerada y convenientemente agradecida, y no digamos si finalmente procuraba un buen resultado, ¡qué gran recompensa recibiría el benefactor!

Los ávidos de dinero o de poder fueron los primeros en movilizarse. No importa cuánto tuvieran. Querían más. Altos dignatarios de todas las religiones del reino, prestigiosos expertos en enfermedades raras, reputados profetas, aclamados líderes de diferentes y contrarias sectas y, en fin, pícaros de todas clases presentaron al consejo de médicos encargado del asunto gran cantidad de supuestos remedios. Algunos de ellos fueron rechazados por considerarse peligrosos, ya que exigían una colaboración activa, y ciertamente arriesgada, de la bella princesa. Otros fueron desechados en función de su misma simplicidad, que resultaba casi ofensiva. Otros fueron rechazados por el mismo Rey, que, si bien había pedido ayuda al pueblo en su totalidad, sin hacer distinciones entre quienes presentaban credenciales y quienes no tenían otro aval que el que se daban a sí mismos, en cuanto vio la cara de los médicos, sacerdotes o profetas —o lo que fueran— que proponían los remedios, ya no quiso saber nada más. Eran rostros adustos, torcidos, malintencionados. Finalmente, un buen número de los remedios propuestos fueron sometidos a pruebas que demostraron su completa inutilidad.

Después de los pícaros, vinieron los tontos. Literalmente: aquellos que nunca habían dado señales de tener un solo pensamiento coherente en la cabeza. No vinieron solos, sino que los traían sus familiares o conocidos. Con los tontos, el consejo de médicos anduvo entretenido durante varias jornadas, pero al final no se quedó con ninguno. Resultaban demasiado impredecibles. Las cosas, si se les seguía la corriente, podían acabar mal. El Rey no llegó a recibirles, y elogió la prudencia de los consejeros. Luego, fue el mismo Rey quien propuso que se indagara en unos tontos que no fueran tan tontos. Gente dócil y trabajadora, esa clase de personas que nunca preguntan nada ni se quejan de nada. Quizá estos tuvieran la clave de la satisfacción.

Tampoco por ahí pudo obtenerse ningún remedio. Lo más que podía sacarse de esas personas era un leve encogimiento de hombros, un amago de sonrisa, un mínimo reflejo de luz en sus pupilas. Todo era opaco en ellos. Les hablaban de la enfermedad de la princesa y era como si les dijeran que ya era la hora de comer o de dormir o de irse a paseo. No se conmovían por nada. Y cuando sus hombros se encogían ligeramente o cuando parecía que la comisura de sus labios se curvaba un poco hacia arriba o cuando un punto de luz se atisbaba en sus ojos, al final se comprendía que esos gestos mínimos tenían unas causas concretas, una molestia en la manga de la chaqueta, una miga de pan en el bigote, el reflejo cegador de un cristal que proyecta los rayos del sol.

El Rey, tras haber escuchado los consejos y propuestas de sabios, pícaros y hechiceros de todas clases, de mentes maliciosas y benévolas, de aprendices de mago y de aspirantes a genio, de gente común y corriente y de tontos de solemnidad, decidió afrontar el problema en soledad. En el largo desvelo de la noche, desde el intenso y constante dolor que le causaba la extraña enfermedad de su hija, asomado al jardín que la luna iluminaba débilmente, se encontró hablando con su difunta esposa, a quien apenas había co-

13

nocido, y que llevaba más de quince años muerta. Era casi una niña cuando se habían celebrado los esponsales y no la había vuelto a ver hasta que apareció en palacio, una mañana de junio de algunos años después, preparada ya, según dictaban las normas, para la vida conyugal. ¡Qué breve había sido esa vida! Ahora el Rey se lamentaba de haber apurado la dicha tan deprisa. Se había bebido la vida de un solo sorbo. Se asombraba de no haber recibido ningún consejo o quizá era que no lo había escuchado. Era demasiado fogoso y la visión de la bella jovencita le había nublado el juicio.

Los médicos se lo dijeron después. Habría sido más prudente esperar un poco. La jovencita, según dijeron, acababa de superar una larga enfermedad y aún no había recuperado el vigor que se necesita para llevar una vida plena ni, mucho menos, para alimentar en su seno una nueva vida. Esa nueva vida se llevó por delante lo que quedaba de la suya. La perfección y belleza de la pequeña Georgina iluminó los últimos momentos de la vida de su madre. La llenó de felicidad. La joven reina ni siquiera se dio cuenta de que se estaba muriendo.

Al Rey no se lo dijeron enseguida. Lo sacaron en volandas de la habitación con la excusa de que la Reina necesitaba descansar. Ya tendría más adelante tiempo de sobra para ver a la pequeña princesa. La Reina murió de forma instantánea, como fulminada por un rayo, mientras aún tenía entre sus brazos el delicado y hermoso fruto de su vientre y el Rey cruzaba el umbral del cuarto rumbo a sus aposentos.

Le comunicaron la noticia al anochecer, una vez que los pájaros han puesto fin al estruendo con que se despiden de la luz y empiezan a oírse, aquí y allá, los ruidos solitarios de la noche, ladridos de perro, maullidos de gatas en celo, tan parecidos al llanto de los niños, débiles y lejanos aullidos de lobos, en ese breve lapso de tiempo en que resulta más fácil resignarse a la pérdida, que pronto quedará cubierta por la sombra alargada de la noche, cuando la curiosidad por conocer los detalles del día ha ido empalideciendo y todo parece encajar en la idea de desaparición y de oscuridad.

El Rey estaba preparado para la noticia, eso dijeron todos. En su fuero interno, lo debía de saber, porque, nada más escucharla, se sumió en un profundo silencio, más propio de un filósofo que de un ser humano cualquiera, por muy rey que fuera. Enseguida adquirió reputación de profeta. Sus súbditos sentían hacia él un respeto casi sagrado y quienes tenían la suerte de conocerlo más de cerca competían en desgranar los más laudatorios adjetivos para describir sus virtudes.

La princesa Georgina, hasta el momento de hacerse pública su extraña enfermedad, era querida por su pueblo, que veía en ella a la Reina de la que apenas había disfrutado y por quien aún sentía una dulce compasión. La imaginaba adornada de extraordinarias cualidades. Sería, sin duda, una digna sucesora del Rey filósofo y, cuando le tocara hacerse cargo del reino, se ganaría con facilidad la admiración y confianza de todos los súbditos.

El Rey, abrumado por la enfermedad de su hija, decepcionado por los sucesivos remedios que se le habían aplicado a la enferma y que se habían revelado completamente inútiles, pasaba muchos ratos en la sola compañía de sus perros, tres enormes mastines de color marfil, incluso les hablaba, como si creyera que podían entenderle mejor que los seres humanos que le rodeaban. Bastaba mirar, para entregarse a esa ilusión, los grandes ojos castaños de los perros, colmados de bondad y de compasión, infinitamente cansados de algo que bien podía ser un reproche por no ser considerados como los seres que realmente eran. Los humanos fueron muy deprisa dando nombres a los perros. Muy deprisa, porque los humanos, en cierto modo, son —somos— todos víctimas del *horror vacui*. Eso se decía el Rey, hundiendo sus dedos, con una complacencia de la que no era del todo consciente, en el abundante y algo áspero pelaje que cubría el cuerpo de sus mastines.

Por las noches, el Rey salía a la balconada a la que daban sus habitaciones y que recorría parte de la fachada del palacio, y se entregaba a la contemplación del jardín, envuelto en sombras, que se extendía a sus pies. Hablaba solo.

Una noche, de pronto, dirigió sus palabras a su esposa como si creyera que ella vivía allí y que seguía siendo la bella jovencita que, una mañana de junio, apareció en palacio cargada de bienes y de una docena de criados, hombres y mujeres, y tres damas de honor, con la idea de pasar la vida a su lado, de ser su esposa y de proporcionarle descendencia. No había visto nada más hermoso en su vida. Hacía tiempo que en aquel palacio no había puesto sus pies una jovencita tan bella. Las criadas y las damas que atendían a los reyes tenían una edad indefinida y vestían ropas discretas de colores pardos. La antigua Reina, que ya había muerto porque eso es lo que sucedía con las reinas, que morían muy pronto, tampoco había sido aficionada al lujo. Durante la infancia del Rey, siendo príncipe, se habían producido muy pocas celebraciones. La palabra «fiesta» era casi desconocida. Aquellos años habían sido de guerras, plagas, epidemias y muchas penurias, pero en el país ya reinaba la calma y se vislumbraba una época de prosperidad. La llegada de la princesa Rosalinda lo cambió todo. En la vida del Rey, en la vida de palacio, en la vida del reino. Cuando la joven princesa recibió la corona de Reina, el pueblo disfrutó, por primera vez en muchos años, de una auténtica fiesta.

La noche en que el Rey habló con la Reina difunta no distinguió su figura entre las sombras, aunque la veía nítidamente en su interior, pero, a medida que se sucedieron las conversaciones nocturnas, la silueta de la joven Reina se recortaba, luminosa, entre la oscuridad de los árboles y los altos muros del jardín. Aquella primera noche, el Rey le contó sus cuitas a la joven Reina y le preguntó si ella había tenido noticias de aquella enfermedad tan extraña que había contraído su hija y para la que no parecía existir remedio alguno. La Reina Rosalinda, tras escuchar atentamente las quejas del Rey Doncel, le dijo que en el reino de los muertos se sabían cosas que se ignoraban en el reino de los vivos y que, aunque ella, por su parte, nunca había oído hablar del *horror vacui* ni imaginaba en qué pudiera consistir, conocía a personas que podrían orientarla. En el reino de los muertos las relaciones entre las personas son muy sencillas. No siguen ningún protocolo. Todos son iguales allí, no hay rangos ni categorías. Los muertos son, por encima de todo, muertos. No se andan con rodeos. Si alguien quiere hablar con alguien, lo hace. No hace falta recurrir a ningún intermediario ni establecer una cita previa.

Noche tras noche, la difunta Reina Rosalinda le relataba al Rey Doncel el resultado de sus indagaciones, que avanzaban lentamente, porque los muertos, aunque son muy directos en su modo de expresarse, nunca tienen prisa y se lo toman todo un poco a la ligera. También son proclives a la distracción, aunque siempre acaban retomando el hilo perdido y suelen presumir de lealtad. Si se les pide algo, ellos cumplen. Tarde o temprano, pero cumplen.

Una noche, cuando ya la visión interior que el Rey Doncel tenía de la Reina Rosalinda se había convertido en una figura nimbada de luz que destacaba entre las sombras, dijo la Reina:

—Por lo que me has contado y yo, a mi vez, he ido contando a otros, hay todo un grupo de personas, me refiero al mundo de los vivos, que han quedado excluidas de tus consultas. Y a ellas, me dicen, hay que recurrir. Se trata de los vagos, de los inútiles. Estas personas deambulan por ahí, sin acabar de fijar su rumbo, sin oficio ni beneficio, o con escaso oficio y no mayor beneficio, estorbando el paso de los otros, desacelerándolo todo, encogiéndose de hombros de verdad, desde lo más profundo de su alma, a veces riéndose, o sonriéndose, a veces quejándose, a veces durmiendo, a veces cantando. A veces, opacos, a veces, brillantes. Según me han dicho, por muchas clases de pícaros que existan, contando a los que se creen buenos y a los que son tenidos como tales, el universo de los vagos presenta muchos más matices. Algunos de ellos son francamente difíciles de detectar. Pero esas son cuestiones de detalle. Lo importante ahora es hacerse con un grupo selecto de vagos, ponerles al tanto del problema y escuchar sus propuestas. No puedes esperar que todos respondan, claro está, porque se trata de vagos, es decir, de personas dadas a la inacción. Pero alguno te contestará, porque a los vagos también les gusta enredarse en la resolución de problemas, especialmente de los difíciles, y, de vez en cuando y como por casualidad, aciertan.

–Quienquiera que sea el muerto del que has obtenido este consejo, querida Rosalinda –dijo el Rey–, parece alguien de gran perspicacia, y estoy dispuesto a seguirlo, una vez que, habiendo probado tantas cosas, me encuentro en un punto muerto, del que quiero salir como sea. Convocaré a los vagos, vive el Cielo, y les plantearé la penosa situación en que se encuentra nuestra amada Georgina. Alguno de ellos, creo yo, a pesar de su naturaleza radicalmente pasiva, se sentirá conmovido y dispuesto a prestarnos ayuda, en forma de consejo, de pócima o de lo que sea. ¡Qué poco hablamos cuando estabas viva, Rosalinda!, ¡qué de conversaciones provechosas o simplemente felices nos perdimos! Por milagrosa fortuna, se nos ha concedido esta segunda oportunidad, aunque nace de una grave desdicha, como es la enfermedad de nuestra hija.

Pero el Rey estaba hablando solo. La figura luminosa de la Reina Rosalinda ya había desaparecido. Los mastines del Rey, que dormían bajo la balconada y que, mientras había discurrido el coloquio entre los esposos, habían mantenido erguidas sus enormes cabezas, se relajaron y parecieron desentenderse de ellas. Sus cuerpos desmadejados, recorridos por respiraciones acompasadas y sonoras, hundidos, casi derramados, en la tierra, velaban la calma de la noche.

El Rey convocó al Consejo del Reino. Prudentemente, no desveló la fuente de aquella idea —recabar la opinión de los vagos— que, ante su propio asombro, fue inmediatamente aceptada por todos. Hasta hubo quien se palmeó la frente, como castigándose un poco por no haber pensado en ello. Los vagos, claro, dijeron.

¡Qué gran idea!, los vagos están a salvo de padecer *horror vacui*. A ellos no les preocupa en absoluto la falta de actividad o de utilidad. No piensan en el porvenir. El concepto de provecho no cabe en sus cabezas. De forma natural, se dedican enteramente a perder el tiempo. Así es como entienden la vida. Si alguien podía tener la clave para resolver el *horror vacui,* ese alguien tenía que ser un auténtico vago, una criatura a quien el sentido del tiempo no le causara la menor perturbación, porque, según había dictaminado, tras innumerables reuniones, el Consejo del Reino, era allí donde residía el origen del problema, en el tiempo, en el sentido del tiempo. Los enfermos de *horror vacui* tenían propensión a hundirse y quedarse para siempre en una diminuta proporción de tiempo. Una décima de segundo podía ser insoportable para ellos. Eso les llevaba a mantenerse siempre en un movimiento agotador, extenuante.

¿De qué forma puede convocarse a los vagos, que nunca tienen deseos de moverse, que no son fácilmente alanceados por la curiosidad? A los vagos no se les convoca. Se les busca, se les trae al lugar donde serán entrevistados. Por sí mismos, no harían nada. Para llevar a un vago a palacio hay que recurrir a regalos, hay que proporcionar comodidades. Nada de imposiciones, nada que despida el más ligero olor a orden, a deber.

Se organizaron varias expediciones. Tampoco muchas. El Consejo del Reino pensó que los vagos eran casi intercambiables. Ciertamente, cada uno era un mundo, pero el punto fundamental, el sentido del tiempo, no podía diferir mucho de un vago a otro. Con media docena bastaría.

Finalmente, por raro que parezca, solo encontraron a uno. No es que no hubiera más, pero todos tenían alguna pega, todos habían sido tentados, en cierto momento, por algún tipo de actividad. El Consejo del Reino llegó a la conclusión de que el tipo de vago en estado puro no existía. Escogieron al que reunía la mayor cantidad –y calidad– de características propias de la pereza. Estas se habían encarnado en un joven extraordinariamente hermoso en cuya mirada no predominaba, tal como sucedía en otro tipo de vagos, la sensación de un vacío aburrido y opaco, sino una clase de ensoñación profunda y casi seductora. Los hombres y las mujeres que componían el Consejo del Reino no se acababan de dar cuenta de que el joven les había encandilado. Su desgana, su despego, su indiferencia, la forma en que sus párpados caían de vez en cuando sobre sus ojos, como si el panorama que se extendía ante ellos le produjera un insondable cansancio, la lentitud con que se derrumbó sobre el rígido banco de madera cuando le invitaron a sentarse, la forma en que, algo después, despegó su cuerpo del asiento y se puso en pie, como si una parte importante de él siguiera acomodada o quizá echada en un lecho invisible, produjo en todos una extraña fascinación. Y esa manera de hablar, arrastrando un poco las palabras, en un tono de voz que no era ni alto si bajo, y que, sin embargo, se colaba en el interior del interlocutor sin encontrar resistencia alguna, esa suavidad que también tenía algo de rudeza, porque el ritmo monótono de su conversación estaba curiosamente lleno de matices, todo eso les cautivó.

El joven, que respondía al nombre de Longor, no entendía muy bien por qué aquel grupo de hombres y mujeres se mostraba tan interesado en su persona, pero como no solía hacerse muchas preguntas sobre las cosas que sucedían en su vida, se dejó llevar y habló y contó historias, todas muy confusas y sin un final claro, que fueron escuchadas con gran interés, como si se tratara de grandes revelaciones.

–Creemos –dijo el hombre encargado de trasladar al Rey las conclusiones del Consejo del Reino– que el joven Longor debería ser presentado a la princesa Georgina. Dada su singular personalidad, pudiera ser que entendiera el profundo abatimiento en que ha caído nuestra desgraciada princesa. Probablemente, solo alguien como Longor podría penetrar en la zozobra de su corazón y mostrarnos el camino para aligerar el insoportable peso que la atenaza. Lo que no se nos ocurre es la forma de plantear el encuentro entre los dos jóvenes. Este es un asunto sumamente delicado que dejamos en manos de Su Majestad.

El Rey despidió a los miembros del Consejo del Reino un poco desconcertado. No se trataba de un desconcierto enteramente nuevo. Más de una vez, cuando por alguna razón no del todo prevista había acudido a ellos, le habían dado una respuesta parecida. Una respuesta a medias. Señalaban un camino, pero el tramo final debía recorrerlo él solo, el Rey. No era eso lo que había esperado. Quería solucionar un problema, pero el problema, una vez planteado, volvía a él. De acuerdo, había –o podía haberla– una medicina, pero ¿cómo se da la medicina al enfermo? Ese joven vago, comoquiera que se llamase, ¿cómo iba a ser presentado a la princesa?, ¿habría que planear un encuentro casual en el jardín?, ¿habría que celebrar una fiesta?, ¿habría, quizá, que meterlo de un empujón en el cuarto de Georgina? Solo Rosalinda, su dulce y difunta esposa, podría saber cómo llevar adelante semejante empresa.

El Rey tomó una cena frugal y se retiró temprano a sus habitaciones, aunque con ese gesto no consiguiera acelerar el ritmo de las horas. Se sentó en la balconada, absorto en la contemplación del anochecer, en los colores rojizos y violetas, en la luz que los hacía vibrar y se extinguía de pronto, abandonándose a una tonalidad más azulada y tenebrosa. ¡Qué belleza había allí, en el final de cada día! La forma en que terminan los días es lo que los hace únicos y singulares. Se desvanecen en un preciso –pero larguísimo– instante. Se cae, entonces, en la conciencia del tiempo, que cumple su ciclo y se despide. La enfermedad de su hija, ¿no se curaría sola, simplemente con dejar pasar los días? El Rey se lo había preguntado más de una vez. El tiempo pasa. El tiempo concluye. El tiempo se lo lleva todo al otro lado, las penas y las alegrías. Da igual si no vuelve nunca. No es terrible que el tiempo desaparezca.

–Georgina, hija mía –susurraba el Rey–, ¿es que no lo ves? Nada importa mucho. Todo se lo lleva el tiempo. Y lo hace con tanta belleza que no podemos reclamarle nada.

El balcón del Rey hacía esos milagros. El balcón del Rey no estaba al alcance de cualquiera. Ni siquiera estaba al alcance de la princesa Georgina, su hija.

El tinte rojizo que se había posado sobre las nubes al fin desapareció y la noche se apoderó del cielo y de la tierra. El jardín cobró profundidad, como si fuera un inmenso pozo. La difunta Reina Rosalinda emergió de aquella oscuridad. Su silueta brillaba con un fulgor intermitente.

—Querido Rey Doncel —dijo—, querido mío, no tienes por qué sentirte tan abatido, ahora que acaban de ofrecernos un nuevo remedio para la enfermedad de nuestra hija. Aquí, en el reino de los muertos, no nos andamos con rodeos. Celebra cuanto antes los desposorios de nuestra desdichada hija con el joven Longor, vago entre los vagos, por ver si en verdad es esa la solución para la enfermedad de Georgina. Dejemos en manos del joven Longor el posible remedio.

—¿Y si Georgina se niega a casarse? —objetó el Rey.

—¿Por qué iba a hacerlo? A fin de cuentas, es un cambio, una novedad. Georgina es aficionada a los cambios, ya lo sabes. Su deseo de actividad es insaciable. Nuestra hija es muy consciente de su mal y está siempre dispuesta a probar nuevas medicinas. El movimiento constante a que la somete su enfermedad le produce un gran agotamiento. Si el matrimonio es un remedio, vale la pena probarlo. Tiempo habrá de enmendar el error si se revela inservible.

—¿Y Longor?, ¿querrá casarse él con la princesa?

—No veo por qué no. Él no tiene que encargarse de los preparativos. Ya te lo han dicho, es un vago ejemplar. Se le lleva y se le trae, se le viste, se le dirige. Una vez que los recién casados se queden a solas, empieza la posible curación. Ahí, de momento, es mejor no meterse.

—No lo sé, querida Reina mía, amada Rosalinda. Haré lo que me dices, pero no te tomes a mal mi desgana. Creo que he ido perdiendo la fe en la posible curación de nuestra hija. En el reino de los vivos esta clase de cosas no son tan fáciles como en el mundo de los muertos. Aquí perdemos fácilmente la fe en una cosa o en otra.

—Aun así cásalos, Rey Doncel. No se pierde nada por probar.

El tono de la Reina Rosalinda era firme, resolutivo, y, cuando la figura luminosa se desvaneció, permaneció, como un eco, dentro de la cabeza del Rey.

La boda se celebró una semana después. Tal como había vaticinado la difunta Reina Rosalinda, ni la princesa Georgina ni el joven vago Longor opusieron resistencia alguna al compromiso nupcial. Cada cual de diferente manera, los dos se dejaron llevar. Fue una ceremonia breve y austera, carente de todo boato y desprovista de significado religioso alguno, porque el Rey se había desengañado de las creencias establecidas. Sin embargo, cuando, cumplido el rito, estrechó entre sus brazos el cuerpo de Longor, que era sorprendentemente firme y musculoso –a los vagos se les presuponía un cuerpo débil y perezoso–, y vio que los mastines, siempre a su lado, se acercaron al esposo de su hija y le lamieron las manos, lo consideró una señal de buen agüero, una señal divina.

Quizá aquel consejo salido del reino del muertos –buscar el remedio de la enfermedad entre los vagos– había sido verdaderamente sabio, se dijo el Rey.

Hay cosas difíciles de saber. Cosas muy secretas e íntimas. Entrar en el espacio que se creó cuando Georgina y Longor se quedaron a solas, al final de la larga jornada de su boda, no se encuentra entre nuestras capacidades. Parecerá mentira, pero es más sencillo conocer los procesos de la mente y del corazón, aun si se trata de mentes y corazones que no son el nuestro, que describir la pasión o la indiferencia de los cuerpos cuando se enfrentan entre sí e intuyen que ha llegado el momento de dar el extraño paso de disolverse el uno en el otro, de formar, por unos instantes, un solo cuerpo. Nadie les ha dado instrucciones para eso. La mente y el corazón acuden en ayuda de los cuerpos. A veces, colaboran activa y eficazmente. Otras, entorpecen y frustran la tarea.

Georgina y Longor se quedaron a solas. El *horror vacui*

de Georgina y la intensa pereza de Longor no tenían por qué suponer verdaderos obstáculos para el acto conyugal. No había testigos, ¿quién sabe lo que pasó? No lo vimos, solo sabemos lo que nos han contado, y nos han contado cosas que hemos escuchado mil veces y que les han acaecido a miles de personas. Nada nuevo. Hay, también, quien cuenta cosas muy distintas. Pero incluso estas, las distintas, nos remiten a todas las cosas distintas que nos han contado y que se refieren a otras personas, a un número suficiente de personas como para que lo distinto ya no sea tan distinto.

Dejemos las elucubraciones, siempre a nuestro alcance. Georgina y Longor, que, días después de su casamiento, se instalaron en el hermoso palacio de Belamar, lo suficientemente alejado de Volarén como para que el joven matrimonio pudiera disfrutar de independencia y facilitar así cualquier iniciativa que pudiera mejorar la salud de la princesa, compartían el lecho cada noche, compartían muchos ratos del día, se cruzaban por los pasillos y por los senderos del jardín, compartían la mesa de las libaciones, el agua de los estanques, el vino de las comidas. Unas veces se miraban y otras no. Unas veces parecían un matrimonio de recién casados que empieza a acostumbrarse a la convivencia. Otras, un par de desconocidos que se ignoran mutuamente.

Empezaron las especulaciones. Las dudas, más o menos, duraron un año.

¿Se había curado la princesa Georgina? En cuanto a Longor, estaba claro: seguía siendo un vago. Pero la enfermedad de la princesa era más difícil de detectar. Ciertas clases de dolencias no desaparecen sin más ni más. Aparentemente, parecía algo más calmada. Seguía haciendo muchas cosas a lo largo del día, seguía yendo de un lado para otro, pero sus movimientos habían cobrado un ritmo más pausado y, eso era evidente, eran frecuentes las veces en que se quedaba inmóvil. ¿Qué expresión tenían sus ojos en tales ocasiones? Eso era difícil de saber, porque Georgina, cuando se quedaba quieta, se escondía de las miradas ajenas. Se la veía de espaldas, de cara a la ventana, o al fondo del jardín, como si fuera una estatua que hubiera sido dejada allí por error o con el absurdo objeto de contemplar el confín del territorio.

La palidez de su rostro, según algunas opiniones, se había atenuado un poco. Pero eso era discutible y dependía del momento en que la luz cayera sobre su piel. Ciertamente, cuando, al atardecer, el cielo de tonos rojizos se reflejaba en su rostro, un suave tono rosado teñía su piel, pero, en otras ocasiones, la princesa parecía más blanca que nunca, mortalmente blanca, como si estuviera a punto de desaparecer, como si una sábana inmaculada hubiera empezado a cubrirla. Era entonces cuando todos pensaban que la princesa seguía enferma y que, fueran cuales fueren los sentimientos que le inspirara su marido –unas veces a su lado y otras no se sabía dónde–, no bastaban para hacer desaparecer aquel terrible vacío que albergaba en su seno.

Por lo demás –y este era el dato definitivo–, reinaba un silencio clamoroso en lo que hacía a la posibilidad de descendencia. A nadie se le ocurría hablar de un supuesto embarazo de la princesa. Era un asunto tabú. Parecía de mal gusto preocuparse por el futuro cuando el mismo presente estaba sobre ascuas. La princesa estaba enferma, ¿a quién se le podía ocurrir que, en esas condiciones, se quedara embarazada? Sin embargo, más de una persona lo pensaba. El pensamiento no se puede prohibir, pero nadie se atrevía a decirlo, y un pensamiento que no llega a expresarse se queda fuera de juego.

Al cabo de un largo año, el asunto seguía sin resolverse. El Rey no hablaba de ir a hacer una visita al nuevo matrimonio. Eso inquietaba al pueblo, que ansiaba tener noticias sobre la salud de la princesa.

Hay épocas de luchas, conflictos y catástrofes y épocas de paz y prosperidad. Hay épocas luminosas y épocas oscuras, épocas de claridad y épocas de confusión. El reino del que hablamos estaba atravesando una etapa algo confusa. Tras largos años de guerra con algunos de los pueblos limítrofes, cuyo resultado victorioso se había visto empañado por una cruel epidemia de peste que había reducido la población, ya muy mermada, prácticamente a la mitad, el reino había vivido una etapa de calma y bienestar. Se habían acometido obras importantes, se había logrado interesar a todos los habitantes en las tareas comunitarias que suponían una importante mejora de la vida de todos. No se detectaban quejas ni fallos importantes. Sin embargo, misteriosa y casi imperceptiblemente, se fue colando una especie de malestar. Era algo que traían los vientos, que agitaba las ramas de los árboles y se colaba por las ventanas abiertas y por las rendijas y grietas de los muros. Algo había pasado en alguna parte. Algo que todos ignoraban. Nadie se atrevía a indagar. ¿Por qué ese secretismo? Empezó a extenderse una nube de desconfianza. La gente se puso a imaginar, a inventar historias, a hacer correr rumores. Sea cual fuere el misterio que habitaba detrás de la inquietud creciente, era algo que tenía que ver con el incierto universo de las ideas. Las ideas, esa cosa tan abstracta, que nadie era capaz de definir, ¿de dónde y cómo surgen?, ¿por qué se vuelven de pronto tan importantes cuando hasta el momento nadie les ha prestado la menor atención? Además, ¿qué es una idea exactamente?, ¿una imagen, algo que está en nuestra fantasía o en la de otros?, ¿qué tiene de verdad una idea, cómo se puede saber si es buena o mala?, ¿es la idea una gran cosa o una ocurrencia insignificante?, ¿está delante o detrás de nuestros actos, fuera o dentro? Y, por encima de todo, ¿qué sabía el Rey de esos rumores?, ¿tenía en su poder alguna información que ocultaba deliberadamente a los habitantes del reino? Cabía también la posibilidad de que el Rey no supiera nada y que fueran los miembros del Consejo del Reino quienes estuvieran al tanto de las novedades que agitaban el mundo y que, por razones claramente partidistas, hubieran puesto todo su empeño en mantener al Rey en la ignorancia, tarea fácil, por lo demás, ya que el Rey, según establecía el protocolo, desarrollaba su vida en su propia y superior esfera.

Ese era el estado de ánimo de la población cuando el Rey Doncel –ya fuera por propia iniciativa o por interesado consejo del Consejo del Reino– comunicó al pueblo su decisión de desplazarse al palacio de Belamar a visitar a su hija Georgina, bella entre las bellas, y a su marido, el príncipe Longor, vago entre los vagos. El pueblo acogió con entusiasmo la noticia. Al fin, el Rey visitaba a su hija. Todos esperaban que el casamiento hubiera actuado de forma milagrosa sobre la enfermedad de la princesa Georgina. Si era así, ya podían correr rumores por el mundo. La alegría de saber que el reino contaba ya con una sucesora al trono que rebosaba tanta salud como belleza daría al traste con aquellas supuestas ideas que amenazaban con quebrar el tradicional orden de las cosas. La maligna inquietud se disolvería en el aire, ¡que volviera la paz y el bienestar, santo Cielo!

La luz dorada de la tarde envolvía el palacio de Belamar cuando el Rey, precedido de los pregoneros y seguido por un séquito selecto, entró en los evocadores jardines que se extendían alrededor del hermoso edificio. Los príncipes ya estaban en la puerta, ataviados con sus mejores galas. El Rey, que había realizado el último trecho del camino a lomos de un corcel enjaezado, efectuó un descenso soberbio. Posados los pies sobre la tierra, extendió sus brazos hacia la pareja. Todo transcurrió con una lentitud extraordinaria. El descabalgamiento del Rey, la cabezada al aire que dio el espléndido corcel, los brazos del Rey despegándose poco a poco de su cuerpo, los pasos de la princesa apartándose del umbral de la puerta, sus delicados pies pisando las baldosas, aventurándose al fin en la tierra en la que su padre, el Rey, había cobrado la apariencia de una estatua, y el vago Longor, más retrasado, siempre un poco fuera de escena, pero con el semblante sumamente apacible, uniéndose poco a poco a los personajes principales, jugando su extraño papel de estar ahí sin quererlo, sin estar del todo.

El Rey había olvidado la sencilla belleza del palacio de Belamar. Había sido edificado al comienzo de su reinado y aún estaba impregnado del espíritu, esencialmente humilde, que había sido el sello de todo cuanto se hacía en aquellos primeros años. Parecía un recordatorio de todo cuanto el joven Rey se había propuesto ser. No proliferaban los adornos ni los innecesarios e inacabables pasillos. Las habitaciones estaban concebidas para albergar a una o dos personas, no cientos, los espacios comunes, sin embargo, daban una sensación de amplitud, pues todos ellos se abrían, por un lado, al jardín y, por el otro, a un patio de dimensiones regulares, sumamente armónico, que parecía una continuación de las habitaciones.

En ese patio y en ese jardín, el Rey Doncel se quedó a solas con su hija y le dijo:

–Hija mía, tengo la impresión de que eres ahora algo más feliz que antes. Pero no sé si te has curado del todo. Dime, en todo caso, si el joven Longor ha supuesto un cambio en tu vida y si crees que tu matrimonio ha sido un acierto.

–Amado padre –respondió la princesa Georgina–, agradezco tu interés, aunque me abruma tu preocupación. Ten en cuenta que, por razones que ignoramos, yo nací así, con un vacío en mi interior que nada puede llenar. Así como mi madre, tu esposa Rosalinda, murió al darme la vida, así nació conmigo, de forma irremediable, el vacío del que te hablo. Se mantuvo latente durante mi infancia, pero, ya en la adolescencia, cuando en mi cuerpo se iban anunciando las formas que tiene la mujer, intuí la inquietud que luego habría de acometerme sin descanso. Después de haber probado, siempre inútilmente, tantos remedios, seguí el consejo que me diste y contraje nupcias con el joven Longor, el marido que escogiste para mí. La vida con él es casi como era antes, aunque no es exactamente igual. Ya no tengo, como antes, tanta necesidad de huir del vacío. Por el contrario, me siento proclive a dejarme caer en él, a abandonarme a la desesperación, al sinsentido profundo. El destino me ha hecho una extraña jugada, mi nacimiento ha sido un error. Hubiera debido nacer fea, estúpida, pobre y desgraciada. En cambio, me ha dado todas las cartas para la felicidad. Aunque me haya privado del amor de una madre, me ha compensado con el tuyo y de todos quienes me rodean. Es un desperdicio. Y, por si no te atreves a preguntarme si amo a Longor, mi joven esposo, te diré que desconozco la naturaleza de ese sentimiento y que la virtud de Longor que más aprecio es precisamente la de que nunca me haya hecho tal pregunta. Probablemente, su naturaleza de vago le impide formular preguntas difíciles.

La mirada de la joven princesa era sombría, opaca. El Rey se dijo, de pronto, que su hija no era tan joven. Su difunta esposa, la Reina Rosalinda, con quien había hablado por las noches durante los últimos años y a quien esperaba volver a ver de regreso a su palacio de Volarén, sí era verdaderamente joven. Más joven que su propia hija. Probablemente, en el mundo de los muertos no existía la vejez.

—¿Longor te ama? —se le ocurrió preguntar al Rey.

La princesa sonrió, ¡qué bella era Georgina cuando sonreía, aunque sus ojos siguieran sombríos!

–Longor es un ser privilegiado –dijo–. Si es que me ama, puede pasar muy bien sin verme. Jamás me echa de menos. Me mira como mira a todas las personas y cosas del mundo, como si le diera igual que estemos ahí o no, que seamos lo que somos o cualquier otra cosa.

–¿Y sus abrazos? –se atrevió a preguntar el Rey–, ¿cómo son?

–No es él quien los da –dijo la princesa tras un breve silencio–. Él siempre está en otra parte.

–¿No te intriga eso?, ¿nunca te has propuesto conquistarle? –inquirió el Rey, aun sabiendo que el impulso de conquista supondría un cambio en la forma de ser de la princesa que no se avenía con cuanto hasta el momento había salido de sus labios.

La princesa volvió a sonreír.

–Ni yo tengo el propósito de conquistarle ni tal cosa sería posible –dijo al fin.

Durante la estancia del Rey en Belamar, tuvieron lugar otros encuentros entre padre e hija. El Rey no tardó mucho en darse cuenta de que siempre era él quien más hablaba. La princesa –tampoco eso se le ocultaba al Rey– no siempre le escuchaba. Aparentemente, estaba allí, a su lado, haciendo de vez en cuando gestos de asentimiento, pero el Rey percibía su inquietud, su implacable deseo de que aquel momento quedara enseguida atrás.

El tiempo pasaba y el Rey debía regresar a Volarén. A Belamar no llegaban noticias de la capital del reino, lo cual no resultaba precisamente tranquilizador. El Rey, a quien nunca le había fallado ese sexto sentido al que llamamos intuición, sospechaba que algo se estaba tramando, por mucho que el Consejo del Reino, en los últimos tiempos, hubiera extremado su celo en mantenerle aislado. Su deber era estar allí. Jugar la parte que el destino le asignara y hacerlo con valentía. Sobre todo, con dignidad.

Durante tres días y tres noches meditó las palabras que, a modo de despedida, debía dirigir a su hija. Concluido este tiempo, por la mañana, tomó de la mano a la princesa y la condujo al jardín. Se sentaron a la sombra de uno de los frondosos castaños que crecían allí desde tiempo inmemorial.

–Amada hija –dijo el Rey a Georgina–, he pasado muchos días a tu lado. No sé si sigues enferma. Tampoco sé si esto que tienes es una verdadera enfermedad, ya que, según vemos, no se somete a los remedios. Pronto envejecerás. Si algo tiene que enseñarte la vida, te lo dirá con el tiempo. No te dejes morir. Haz lo que quieras, pero no mueras. Aún no. La vida no es tan terrible. Mira qué hermoso es este lugar. A mí me colma los sentidos y me proporciona una paz muy dulce, pero bien sé que para ti no es suficiente. La belleza del palacio, del jardín y de los patios a ti no te dice nada. Quizá sea verdad que hubieras debido nacer en una cabaña de campesinos y ser fea, estúpida y desgraciada. Pero no ha sido así. El tiempo no es ilimitado, de todos modos. Ten eso presente. Tus males concluirán en determinado momento, porque concluirá tu vida. Entre tanto, les voy a decir a mis súbditos que dejen de preocuparse por tu enfermedad y que no se rompan la cabeza buscando remedios. Tu enfermedad es tuya, hija mía. El remedio, si lo hay, se revelará por sí solo. Haré una declaración tajante. Nunca he sido tajante, esa es la verdad. Tu difunta madre, con quien en vida hablé muy poco, me lo dijo en algunas ocasiones. Luego me lo dejó de decir, no porque ya no me pudiera hablar, sino porque, creo, cambió de parecer. Los muertos piensan de otra manera.

»Como de costumbre –siguió el Rey–, estoy hablando mucho. No sé cómo, pero me he convertido en un parlanchín. No sé si me escuchas, hija mía. No te lo reprocho. Los hijos no escuchan a sus padres. Eso no puede achacarse a tu enfermedad. Digámonos adiós sin solemnidad. Saldré de palacio al amanecer, cuando los gallos cantan por primera vez. Los ruidos del incipiente día me insuflan ánimos. Partiré al alba, querida hija. Me complaceré, mientras me alejo de ti, en pensar que, mientras duermes, nada padeces, nada te preocupa. Siempre me ha gustado contemplar tu sueño. Qué abandono, qué placidez, qué delicia. Dame la mano, deja que la acaricie un poco. Déjame darte un fugaz abrazo, sentir tu cuerpo pegado al mío unos instantes, como si te pudiera dar toda la protección del mundo. Ya no queda nada por decir.

Georgina se despertó cuando el cielo empezaba a clarear. El ruido que producían los cascos de los caballos sobre los adoquines que cubrían el sendero entró en sus sueños. Se asomó a la ventana: el séquito del Rey levantaba una nube de polvo. Había llegado al camino de tierra. Sabía que su padre no volvería la cabeza para saludarla. Ya se habían despedido.

La princesa permaneció asomada a la ventana hasta que la nube de polvo fue solo un punto en el horizonte. Luego, desapareció. Georgina sintió una repentina nostalgia por las conversaciones que había tenido con el Rey y se dijo que esa pena le resultaba más dolorosa e insoportable que la sensación de vacío que siempre tenía en su interior. Sin embargo, al cabo de unos días, la nostalgia se desvaneció y volvió a pensar que lo verdaderamente insoportable era el vacío.

Se trataba de un vacío nuevo, aunque ¿no son nuevos todos los vacíos? Son nuevos porque no han sido salvados, porque cada intento de salvarlo es distinto. Poco después de que el Rey Doncel abandonara el palacio de Belamar, la princesa, que siempre había gozado de excelente salud, cayó enferma. Se trataba de una enfermedad común y corriente, algo así como un resfriado, pero venía acompañado de fiebre y toses aparatosas. La princesa lo superó, pero no tardó en caer enferma de nuevo. A los médicos no les daba tiempo de separarse de su cabecera. A una enfermedad le sucedía otra. Todas se superaban, pero enseguida aparecía una nueva. ¿Quién podía hablar, en esas condiciones, de *horror vacui?* La princesa se sentía mal, muy mal, luego bien, muy bien. Y otra vez mal, muy mal. Un médico dijo:

—Se están presentando de golpe en el cuerpo de la princesa todas las enfermedades que el *horror vacui* no ha dejado pasar. Es un aluvión, pero cederá. Finalmente, la mente es más poderosa que el cuerpo y el *horror vacui* volverá, lo que en el fondo no sé si es bueno o malo. Cesarán los padecimiento físicos, pero rebrotarán los que afectan al espíritu.

Ocurrió tal como había vaticinado el médico. Las enfermedades, del mismo modo atemperado en que habían llegado, se fueron. La princesa entró en otra etapa. Empezó a meditar sobre la vejez. Se examinaba el rostro en el espejo. Pequeñas arrugas se anunciaban aquí y allá. En su cabello castaño podían vislumbrarse hilos plateados. Los vestidos de la adolescencia, que había seguido usando durante la juventud, ya no le servían. No se amoldaban a su cuerpo. Hubo que prescindir de ellos y mandar confeccionar unos modelos muy distintos. Esa fue la nueva obsesión de la princesa: los vestidos.

La princesa disfrutaba de las pruebas que la costurera realizaba sobre su cuerpo semidesnudo, y observó, con curiosidad, las imperfecciones de su cuerpo. Ella misma diseñó algunos de sus vestidos, cortados y cosidos de manera que resaltaran su belleza.

El vago Longor, en esta nueva etapa en la que había entrado la princesa, andaba siempre por ahí. Para él, era mucho mejor que la anterior, la de las enfermedades. Ya podía deambular a sus anchas, sin tener que mostrarse taciturno y reservado. Nunca se sabía dónde estaba. En el palacio de Belamar, todos se acostumbraron a su presencia y a su ausencia, nunca previstas, siempre inesperadas. En cierto modo, no se contaba con él. Se daba por sentado que Longor hacía lo que le daba la gana, lo cual, por cierto, no enfadaba ni impacientaba a la princesa Georgina, que solo estaba interesada en sus vestidos. Lo que el príncipe Longor hiciera o dejara de hacer no parecía inquietarle lo más mínimo.

Así transcurrió un tiempo. El pueblo de Belamar sufrió alguna que otra calamidad. En verano, incendios. En otoño y primavera, inundaciones y plagas. En invierno, heladas. Pero la gente aguantaba. A aquel pueblo, tan alejado del centro del reino, no llegaban perturbadores rumores.

Un día, la princesa Georgina se sintió horriblemente saciada de sus vestidos, de sus zapatos, de sus peinados. En su mente surgió una idea nueva. Nunca había visitado el pueblo. Su vida se desarrollaba en el ámbito del palacio y de sus jardines. Era así como vivían las princesas, confinadas en sus hermosos universos. Quién sabe por qué, empezó a sentir una gran curiosidad por el pueblo de Belamar, ¿cómo era la vida allí?, ¿vivían los viejos separados de los jóvenes?, ¿cómo era, en verdad, una comunidad? En palacio, todos parecían de la misma edad. Las sirvientas jóvenes tenían un aspecto muy parecido a las sirvientas viejas. Los chicos de los recados arqueaban los hombros del mismo modo que los canosos mayordomos. Se hacían las cosas muy despacio y sin mirar a nadie a los ojos. Era un extraño equilibrio. Las piezas parecían intercambiables. Encajaban porque no tenían aristas ni protuberancias. Se acomodaban entre ellas, se reducían si era necesario, se ensanchaban si tenían más espacio. La de palacio no era la vida de verdad.

Conocer la vida del pueblo, ¿es eso tan fácil? Conocer algo a fondo requiere tiempo. Pero Georgina solo quería tener una impresión. Una impresión ligera, nada más. Durante toda su vida, había estado atrapada en un tiempo inmóvil –por más que ella tratara de agitarlo, volvía, enseguida, a la inmovilidad– que no le había enseñado nada. Ahora que había empezado a sentir curiosidad por el mundo, no quería llevarse allí esa asfixiante sensación de estancamiento que los médicos, hacía ya tantos años, habían calificado de grave enfermedad y que la había hecho sentirse tan diferente del resto de los mortales.

No fueron visitas anunciadas. En el pueblo, se empezó a hablar de cierta dama extranjera que aparecía aquí y allá sin que nadie supiera de dónde venía ni qué era lo que había ido a hacer. Era una figura envuelta en chales que asistía a un entierro –para los entierros no hace falta invitación– o a una fiesta popular o religiosa –tampoco para estos acontecimientos hace falta invitación–. Se la veía, de pronto, andando por la calle, o sentada en el banco de una plaza, o saliendo de una tienda. Su rastro se perdía enseguida. ¿Dónde vivía? Su presencia no llegaba a molestar y nadie se ocupaba de averiguarlo.

La dama entabló cierta amistad con los Galamur, una de las familias más relevantes del pueblo que, además –aunque esto Georgina no lo supo enseguida–, estaba muy ligada al palacio. De hecho, los señores de Galamur habían sido los encargados de mantener el palacio de Belamar en condiciones durante el largo periodo de tiempo en que, antes de que la princesa Georgina y su esposo Longor se establecieran en él, había permanecido deshabitado. Los Galamur tenían en su poder las enormes llaves de las puertas y portones y estaban autorizados a contratar y despedir a su antojo a cuantas personas se necesitaran para realizar una u otra labor relacionada con el palacio. Todo eso había sido antes de la llegada de los príncipes, por supuesto.

La familia Galamur, ahora, no tenía tanto trabajo. Se

pasaba el tiempo cultivando el huerto y, sobre todo, cultivando el espíritu. El matrimonio Galamur y sus siete hijos, cuatro varones y tres hembras, eran seres de otro planeta. En la casa había una gran biblioteca, cuyas estanterías rebosaban de libros que contenían el mundo y todos sus conocimientos y fantasías. La ciencia, la filosofía, la poesía... Nada faltaba allí. Los siete jóvenes Galamur tocaban con tino instrumentos musicales, los seis manejaban el pincel y llenaban con destreza la superficie del lienzo con bellos colores y formas, los seis hilvanaban con cierta inspiración poemas de buena factura. Para Georgina, supuso un descubrimiento. Pasaba mucho rato en casa de los Galamur, impregnándose de las cualidades que los distinguían. Ningún miembro de la familia le preguntó nunca quién era ella o qué era lo que buscaba, porque los Galamur disfrutaban tanto de lo suyo que no se preocupaban de cuestiones baladíes, tales como la identidad o los nombres de las personas. Solo con el transcurso de los días supo Georgina lo de las llaves y lo que ello acarreaba, y se asombró de que hubiera existido siempre, tan próxima a la suya, una vida tan distinta y tan rica.

¿A quién contar todo eso? A nadie. El único interlocutor posible era Longor, quien, él sí, conocía de sobra el pueblo. Nadie se había ocupado de decirle lo que tenía o no tenía que hacer. De manera que Longor, desde el mismo momento de su llegada a Belamar, había ido, con la indolencia que le caracterizaba, de aquí para allá, siempre sin hacer nada, tanto dentro como fuera del palacio. Se le veía y no se le veía. Lo mismo daba que estuviera en un lugar como en otro. Nadie contaba con él. Eso no quiere decir que Longor fuese mudo o que no se tratara con la gente. No era una persona desagradable. Podía hablar de cualquier cosa. Tenía una gran variedad de conocimientos, todos dejados a medias, que se entrecruzaban entre sí, sin llegar a ninguna parte. Al personal del palacio le gustaba hablar con él. Muchas veces, se acodaba en uno de los mesados de la cocina, probaba los guisos que se iban cociendo lentamente al fuego, metía el dedo en las cremas, chismorreaba, hacía bromas, canturreaba. No molestaba a nadie. Su presencia daba un toque de ligereza a las tareas del palacio. Les proporcionaba una pátina de frivolidad, de quehaceres intrascendentes, más que de deberes. El modelo de comportamiento de Longor era exactamente igual fuera del palacio. Era una figura familiar en tiendas, tabernas, bailes y fiestas populares. Hablaba con todos, no llevaba la contraria a nadie, no sostenía ninguna verdad.

¿De qué servía hablar con Longor?, se preguntaba la princesa. Probablemente, no le prestaría atención, o se encogería de hombros, como si estuviera al cabo de la calle y conociera mejor que ella a los Galamur y todas sus estupendas virtudes. Además, ¿dónde estaba Longor cuando a una se le ocurría hablar con él?

Refugiarse en la atmósfera que rodeaba a los Galamur fue, durante un tiempo, el gran recurso de Georgina. Continuamente aprendía cosas nuevas y disfrutaba, casi como ellos, de aquellos bienes, no del todo materiales, que poseían y que parecían inacabables. La música, las bellas artes, los hermosos relatos, los poemas heroicos, las canciones de amor, los sesudos ensayos filosóficos, las aportaciones científicas... Ese era su mundo. Les pertenecía porque, en realidad, estaba al alcance de cualquiera, aunque no todo el mundo fuera capaz de apreciarlo. Ese era el gran don de los Galamur, su capacidad para disfrutar de todo eso, de hacer suyos aquellos inagotables y preciosos bienes.

Quizá, tras largas jornadas en compañía de los Galamur, Georgina alcanzaría la maravillosa fusión con las manifestaciones artísticas y los variados senderos del conocimiento. A veces, le parecía estar muy cerca, pero, al fin, algo la empujaba hacia atrás. Su enfermedad, sin duda. No había manera de vencerla. Los Galamur no eran la solución de sus males. Habían encontrado la forma de vivir con satisfacción, pero ella no podía sentir ni pensar, ni siquiera amar, como ellos sentían, pensaban y amaban. A lo más, podía imitarles, deleitarse durante un rato con las mismas cosas con las que ellos se deleitaban. Un largo rato, puede ser, pero, al fin, era muy corto.

Sin darse cuenta, Georgina se encontró juzgando a los Galamur. Vivían atados a sus espacios y a sus tiempos, atados, también, a cosas inmateriales que no siempre eran comprensibles, que a veces traspasaban la línea del entendimiento o del sentimiento humanos. La princesa se preguntó si así era como había sido siempre o era algo que había aparecido de la nada: juzgar a los demás.

¿Eran solo los Galamur los destinatarios de su juicio? Los Galamur, que le habían enseñado muchas cosas, finalmente le habían hecho descubrir en su interior ese terrible rechazo hacia los otros, ya que cada vez lo veía con más claridad, era un auténtico rechazo. A Georgina le faltaba esa virtud de la que su padre le había hablado más de una vez en los términos más elogiosos: la generosidad. ¿Cómo puede una persona que ha permanecido toda su vida alejada de esta virtud hacerse con ella?

Una brillante luz se abrió paso en el interior de Georgina. Tenía que alejarse de sus semejantes. Recluirse, renunciar al mundo. Solo desde la renuncia y la soledad podría producirse la transformación. Tenía que pasar por esa prueba. Quedarse a solas consigo misma. Detenerse. Cortar todos los vínculos con los otros.

¿Adónde ir? Al desierto, desde luego. Es allí hacia donde se encaminan los ermitaños. Georgina, como casi todo el mundo en Belamar, había oído hablar del Gran Desierto. No estaba tan lejos. Había personas que habían estado allí, aunque no era un lugar para ir de excursión, sino al que se iba por alguna razón, para atravesarlo e ir más lejos. En el desierto solo se quedaban los ermitaños.

Desaparecería sin más ni más. Longor tardaría en darse cuenta de su ausencia, pero acabaría por acostumbrarse. En cuanto a los criados, se echarían las culpas mutuamente. La doncella que estaba al servicio personal de la princesa se lo tomaba todo con mucha calma. Además, todo el mundo sabía que, si Georgina no se encontraba en palacio, estaba en casa de los Galamur. Podía pasarse allí días enteros. Era fácil salir del palacio sin ser vista. Georgina conocía de sobra el camino del palacio al pueblo, sabía dónde dar con alguien que la transportara en un carromato a aldeas y ciudades vecinas.

Al amanecer de un día de verano, Georgina se subió al carromato que hacía los trayectos más largos y, al cabo de dos largas jornadas, llegó a un poblado próximo al Gran Desierto. Desde allí, desprovista de todo equipaje, se internó, descalza, en un territorio árido y pedregoso en el que proliferaban cuevas naturales, algunas de las cuales estaban habitadas por ermitaños. Encontró su cueva al anochecer. Se refugió en ella e inició, desde ese mismo momento, un largo periodo de ayuno y soledad.

La doncella que atendía a la princesa, al no verla cuando fue a despertarla por la mañana, imaginó que habría madrugado y que andaría fuera de palacio. Pasó la noche y pasaron dos días más y finalmente dio la voz de alarma. Nadie la había visto ni se habían detectado movimientos sospechosos en los alrededores del palacio. ¿Había sido objeto de un rapto, o, aún peor, de un asesinato? Longor, el vago entre los vagos, recorría el palacio, el jardín, las calles del pueblo y los senderos de los campos cercanos dando gritos de angustia y de socorro, entre los que se distinguía, entrecortado, el nombre de la princesa.

¿Y si Georgina, obedeciendo a un repentino e incontrolable impulso, había ido a Volarén a visitar a su padre? Era una enferma, eso no podía olvidarse. Y su dolencia tenía que ver con el espíritu, era algo cercano a la locura, ¿quién puede predecir el comportamiento de un loco?

De pronto, todos cayeron repentinamente en la cuenta de que, desde que el Rey había dejado Belamar, no se habían vuelto a tener noticias del reino. Imposible calcular con exactitud los años que habían pasado. Los otoños, inviernos, primaveras y veranos se habían sucedido varias veces. Los vientos y las lluvias habían dado paso a las heladas y a las nieves, luego deshechas por los rayos de sol primaverales y sustituidas por una sinfonía de colores que revoloteaba sobre un mullido fondo verde. Y, al cabo, un sol abrasador lo fulminaba todo y la arena amarilla del desierto se adhería a los muros del palacio. Así una y otra vez.

–Voy a ir a Volarén. Es muy posible que la princesa Georgina esté con el Rey –dijo Longor.

El palacio entró en una gran ebullición. Empezaron los preparativos para el viaje del príncipe. Hacía tiempo que no se registraba una agitación como aquella. Fue una agitación paralizante. Todos los mecanismos estaban desengrasados. Las costumbres y rutinas del palacio habían ido languideciendo, fruto, sin duda, del contagio de la esencial pereza que caracterizaba al príncipe, el único miembro de la casa real que lo habitaba. La vida de los palacios es un reflejo de la vida de los nobles que residen en ellos. El ejemplo que el príncipe Longor proporcionaba a quienes residían en el palacio de Belamar no resultaba muy edificante. El personal del palacio había ido sucumbiendo a la dejadez y a la apatía. Ya no había horarios fijos para las comidas. Las mañanas no se distinguían de las tardes ni las tardes de las noches ni las

41

noches de las mañanas. Los sirvientes realizaban sus tareas cuando y como querían. El palacio de Belamar era el reino del desorden.

Pero la agitación produce alegría y la alegría, que es contagiosa, propicia la actividad y la cooperación. El palacio despertó de la indolencia de los últimos años y se entregó a los preparativos del viaje del príncipe Longor, que iba a dirigirse a Volarén, la capital del reino, para traerse de vuelta a la añorada princesa Georgina, quien, sin duda, se encontraba al lado del Rey, ¿en qué otro lugar se podía encontrar? De pronto, todos echaban de menos a la princesa. ¡Qué dulce era, qué considerada con los sirvientes! Nunca se había quejado de nada, nunca se había enfadado con nadie. ¡Con qué delicados gestos se movía, qué agradable trato dispensaba a cuantos se acercaban a ella, fueran nobles o vasallos!

Longor contemplaba los preparativos desde lejos. Deambulaba, como de costumbre, por el palacio, entraba y salía, hablaba con criados y sirvientes, obstaculizando a veces, de forma involuntaria, las tareas. No se sabía cuánto podría durar aquel viaje, ni si el regreso, luego, desde Volarén, sería inmediato. Como no se habían tenido noticias de Volarén desde hacía mucho tiempo, se ignoraba si el camino estaría despejado o si el séquito podría ser objeto de emboscadas y ataques.

Se consideró que el mejor momento de partir era la primavera, a salvo ya de los rigores del invierno y lejos aún de los sofocantes calores del verano. Se dispusieron víveres en abundancia y caballos de repuesto, tiendas de campaña, colchones y mantas. El príncipe abandonó el recinto palaciego montado en un soberbio corcel enjaezado. No era mal jinete. Detrás del grupo principal, iban las carrozas y carromatos. En cuanto al príncipe se le antojara desmontar, podría continuar el viaje en su carroza, provista no solo de víveres sino de juegos de mesa y otros entretenimientos, lo que tampoco se le daba mal a Longor.

Los pormenores del viaje de Longor darían para otro relato y no queremos ahora apartarnos del asunto central. Lo que hay que resaltar es que fue un viaje muy largo y, en ocasiones, extraordinariamente dificultoso, porque hubo que librar más de una batalla contra toda clase de enemigos. Se produjeron bajas importantes, se atravesaron oscuros periodos de desánimo, se dieron numerosas vueltas inútiles, se perdieron, una y otra vez, la brújula, el compás y el ritmo. Pero, al cabo, todo se recuperaba un poco. El viaje proseguía, cada vez más lentamente, a trancas y barrancas más y más pronunciadas.

Lo bueno de Longor era que nunca se desanimaba por completo.

—¿Acaso tenemos otra cosa que hacer? —les decía a las personas que constituían su séquito, cada vez más disminuido—. La vida en palacio era bastante aburrida, recordadlo. De alguna manera hay que morir. Estos caminos no son una tumba menos digna que el cementerio de Belamar.

Lo que quedaba del séquito inicial, esos hombres cansados que vagaban por el territorio ilimitado del reino de Volarén, se plegaban, sin poner nada en cuestión, a las voluntades y caprichos del príncipe. Entre el apego y la rebelión, escogieron el apego. Para la rebelión, hay que vislumbrar una salida, y en aquellos caminos no se oteaba ninguna. Los pueblos —amigos y enemigos— que atravesaron habían sido devastados por la implacable sucesión de guerras, saqueos y epidemias, y las gentes —amigas y enemigas— con las que se fueron encontrando no podían ofrecer mejor perspectiva que la que les daba a ellos el viaje de Longor. Iban hacia Volarén. Se dirigían hacia la capital del reino. Tenían una meta. Eso fue lo que les mantuvo unidos, lo que les permitió seguir avanzando, en medio de aquella maraña de calamidades que parecía no tener fin. A una batalla le sucedía otra, a una enfermedad, otra más grave, a una pérdida, otra mayor, a un mal, cientos. Pero la meta tiraba de ellos. Longor, ¿quién lo hubiera dicho?, tiraba de ellos.

Y llegaron. Llegaron a aquella villa devastada en que se había convertido Volarén. La densa muralla del castillo había salvado a sus habitantes, pero la real villa que se extendía hacia el valle por el que se deslizaba el río Volarén había padecido los estragos de innumerables batallas. El exhausto séquito del príncipe Longor encontró un modesto acomodo en una de las escasas posadas que se mantenían, mal que bien, en pie. En el pasado, hacía solo unos años, la real villa de Volarén había sido un importante centro comercial. Las posadas y fondas competían entre sí ofreciendo comodidades y alimento a los numerosos huéspedes que acudían a la villa para realizar todo tipo de transacciones.

El posadero dijo a sus huéspedes que le resultaba difícil hacer el relato de las penalidades sufridas. Ese había sido el resultado, era lo único que merecía la pena decir a esas alturas: ya se había acordado la paz. El Rey, que había sido depuesto al inicio de las revueltas, vivía ahora confinado en el castillo, en una especie de exilio.

—¿Y la princesa Georgina? —preguntó Longor.

—Nada se sabe de ella desde que partió, con su marido Longor, vago entre los vagos, hacia Belamar, hace ya tantos años que por aquí nadie recuerda ni cómo era, solo que padecía una extraña enfermedad que le impedía obtener el menor acomodo o la más leve satisfacción. Eso lo recuerdo, porque hubo un tiempo en el que las posadas y fondas de la villa se llenaron de médicos y toda clase de curanderos que venían a ofrecer remedios y medicinas para las dolencias de la pobre niña.

44

—Yo soy ese vago entre los vagos que acabas de mencionar, buen posadero. Soy el vago Longor. Pero también soy príncipe y, como pariente del Rey, me gustaría visitarle en el castillo, donde dices que vive confinado. Quizá el Rey pueda darme alguna pista sobre el paradero de la princesa Georgina, a la que siempre ha estado muy unido, y con quien yo creía que se encontraba hoy día.

Obtener el necesario permiso para acceder al recinto del castillo y tener un vis a vis con el Rey no era cosa sencilla. Los trámites llevaron varios días, pero el tiempo de las esperas nunca había sido un problema para Longor. Se sentía a gusto en el ambiente de la posada e hizo buenas migas con el posadero, con la clientela más o menos fija que la frecuentaba y con los viajeros que empezaban a transitar por los caminos de Volarén, ya en paz, que eran considerados como buenos presagios. Volvería al reino —que ya no era reino— la época de bonanza, decían todos.

Caía la lluvia sobre los muros del castillo el día en que Longor atravesó los puentes colgantes de las murallas y cruzó el umbral de la imponente puerta, que se abría, como las fauces de un gigante, entre las pesadas piedras, dejando intuir un tenebroso y laberíntico interior. ¿Había sido el castillo siempre así?, se preguntó Longor.

Esa fue la primera pregunta que dirigió al Rey, que le aguardaba sentado junto a una ventana en una habitación en penumbra. Era el Rey Doncel, sin duda, aunque más pálido y delgado. Más viejo.

—No, Longor, no ha sido siempre así. Estos cambios que has notado no los hice yo, sino aquellos que me quitaron la corona y que por un tiempo se hicieron dueños de todo. Temerosos de los cambios que se presentían y que suponían una amenaza para sus egoístas privilegios, se alzaron contra mí, en el convencimiento de que mi naturaleza aceptaría de buen grado los cambios que las nuevas ideas proponían.

Fueron ellos quienes transformaron el castillo hasta darle el tenebroso aspecto de cárcel y mazmorra que acabas de comentar y que ya se está suavizando un poco. Acabar con la tiranía ha sido una tarea muy ardua, ya ves lo devastada que ha quedado la villa.

»Yo no puedo quejarme –siguió el Rey, tras una pausa en la que sus ojos parecieron perderse en la contemplación del pasado–, porque en la actualidad, desprovisto de corona y de poderes, soy objeto de un trato considerado, en razón de mi ancianidad y porque no pende sobre mí ninguna acusación. Se me podría acusar, eso sí, de no haber cuidado bien de los asuntos del reino. Mi mente ha estado ocupada en otras cosas. En mi vida, ha prevalecido lo personal. La felicidad de mi matrimonio fue demasiado breve. No me había recuperado del dolor que la muerte de la Reina me había causado, cuando la extraña enfermedad del *horror vacui* tomó posesión de mi pobre hija. Esa ha sido desde entonces la mayor de mis preocupaciones. Descuidé las tareas del reino, eludí las responsabilidades y los enfrentamientos, desoí consejos, fui sordo a los incómodos rumores de cambio y revoluciones. Yo mismo he escogido esta vida de reclusión, ¿qué necesidad tengo ahora de abandonar estos muros? Poco a poco, me han dicho, desaparecerán los laberintos oscuros y las pesadas puertas colgantes tachonadas de amenazadores clavos, vestigios de la tiranía, que en todo quiso dejar su huella. Los nuevos arquitectos me lo consultan todo, lo cual me entretiene mucho. Pero dime, buen Longor, ¿cómo es que apareces por aquí después de tanto tiempo?, ¿cómo se encuentra tu esposa, la princesa Georgina, amada hija mía, a quien tengo siempre en mi corazón? Olvidemos los pormenores de mi vida y háblame de ella, hijo mío.

Longor se pasó la mano por la cara, donde el polvo de los caminos había ido trazando profundos surcos.

—La princesa Georgina —dijo con la voz entrecortada— es precisamente el motivo de mi viaje. Debo comunicarte, venerado Rey Doncel, que Georgina desapareció hace años del palacio de Belamar sin decirme adiós. No se despidió de nadie. Hicimos muchas conjeturas, pero no encontramos prueba alguna que las corroborara. Al fin, dimos en creer que se encontraba a tu lado, pero ya veo que nos equivocamos. —Longor dio un largo suspiro—. Si no fue Volarén la meta de su viaje, ¿adónde se fue?, ¿se fue a algún sitio o desapareció sin más ni más?, ¿se disolvió en el aire? Ni siquiera sabemos si está viva o muerta.

El Rey Doncel, de cuyos ojos no brotaban desde hacía mucho tiempo las lágrimas, sintió que una oleada de pena recorría su cuerpo y que suaves chorros de agua tibia y amarga caían de sus ojos y bañaban su rostro marchito.

—Lloremos, Longor, no por la princesa Georgina, sino por nuestras incapacidades, por nuestra mísera condición humana. Sé que mi hija está viva porque, de lo contrario, mi esposa, la difunta Reina Rosalinda, se habría encargado de decírmelo. En las noches de luna viene a visitarme y me hace el regalo de sus palabras dulcísimas y alentadoras. Puede que nosotros hayamos perdido a Georgina, pero ¿quién sabe?, a lo mejor Georgina no se ha perdido. Este llanto que acude, imparable, a mis ojos me está produciendo un alivio indecible. Al fin, mi pena, dura como una piedra, enquistada en mi corazón, se ha deshecho en lágrimas. Mi rostro, que había ido tomando el aspecto de la materia inerte, al ser bañado por el agua tibia que mana de mis ojos, me convierte en alguien distinto, me hace parte de la naturaleza que muda y se transforma. Confiemos, hijo mío. Quédate unos días a mi lado, instálate en el castillo o en una de las posadas de la villa, donde prefieras. Pasemos unos días juntos. El destino lo ha querido así. Han sucedido muchas cosas desde que salí del palacio de Belamar y no me vendría mal compartirlas contigo. Siempre he pensado que eras buena compañía, no solo para la princesa Georgina, sino para muchas otras personas. Sabes estar en los sitios sin mostrar signos de impaciencia, sabes escuchar y respetar las emociones de los otros. Eres vago, pero no andas escaso de virtudes y para mí constituirá un placer conversar largos ratos contigo, o simplemente sentir que te encuentras a mi lado, en silenciosa compañía.

Tras entrevistarse con el Rey, Longor llegó a un acuerdo con el posadero. Se instaló, junto a su asistente, en las habitaciones de la primera planta de la fonda. El resto del séquito se desperdigó por otras posadas y casas de la villa, dispuestos ellos también a quedarse en Volarén por un tiempo indefinido. No era el momento de hacer planes. A ninguno de los cansados peregrinos le animaba la perspectiva del regreso. Volver a pasar por tantos avatares y sufrimientos cuando en la villa de Volarén, que estaba deseosa de recuperar la paz y el bienestar perdidos, se les daba la oportunidad de trabajar y se les proporcionaban todo tipo de facilidades para el alojamiento y la manutención parecía un desatino. Los pobladores de la villa eran sumamente amables y se mostraban encantados con aquellos visitantes que habían aparecido en son de paz y que ni eran portadores de nuevas ideas ni incómodos nostálgicos de caducas costumbres. Los habitantes de Volarén cuidaron de ellos, curaron sus heridas y sus enfermedades y les llenaron de atenciones. Más de uno se enamoró de alguna de las mozas de la villa y contribuyó de muy buen grado al incremento de la población, que había sido seriamente mermada.

Nadie volvió a llamar vago a Longor. Se le consideraba una persona extremadamente útil. Colaboró eficazmente en las obras del castillo, que restauraron, y aun acentuaron, el espíritu que lo había inspirado, y que transmitía paz, sosiego y amabilidad. Tal y como siempre había hecho, Longor hablaba con todos sin hacer distinción alguna por razones de edad, de categoría social, de religión o de raza. Los gobernantes tenían en consideración sus opiniones, los nobles le respetaban, el pueblo llano lo consideraba uno de los suyos.

En aquel preciso momento de la historia de Volarén, Longor jugó un papel fundamental. Su capacidad de entablar conversación con toda clase de personas le situó en un lugar estratégico. Sus modos tranquilos, sus palabras pausadas, el tiempo ilimitado del que parecía disponer para debatir una u otra cosa, marcó la dirección que tomaron las cosas. La forma de gobierno de Volarén fue motivo de asombro y admiración en el mundo entero y Longor era requerido aquí y allá, fuera de las fronteras del Estado, para impartir consejos y expresar opiniones. Pero Longor no aceptaba propuesta alguna. En ese aspecto, seguía siendo un vago. Ya tenía bastante con los viajes que había realizado. Quien quisiera hablar con él, que lo buscara.

Políticos y filósofos de todos los confines de la tierra acudían a Volarén en busca de consejo y también de esparcimiento e inspiración, porque en la villa reinaba un espíritu alegre sumamente contagioso. Los consejos que podía dar Longor a los peregrinos, finalmente, eran lo de menos. Tampoco es que Longor diera consejos precisos. Lo excepcional era el ambiente que imperaba en la villa real, la atmósfera que se respiraba. Eso atrapaba a los viajeros, que permanecían más tiempo del que habían planeado en las posadas y en las casas particulares que los lugareños les ofrecían. Así fueron pasando los años, sin que nadie llevara a Volarén noticias de la princesa Georgina, pero todos bastante felices y entretenidos con las actividades, la alegría y la placidez que se derramaban sin interrupciones sobre el castillo, la villa real de Volarén y sus alrededores.

Al Rey Doncel le llegó la hora de la muerte. Murió en

paz. El príncipe Longor tenía la mano derecha posada sobre la mano derecha del Rey. Fue nombrado Regente. Un Regente, si así lo decide, no tiene a su cargo tantas tareas como un Rey. Sus tareas, todo el mundo lo sabe, son más transitorias. Longor siguió alojándose en sus habitaciones de la posada en la que había vivido desde su segunda llegada a Volarén, al frente de la expedición que había salido de Belamar en busca de la princesa Georgina. ¿Era el vago que había sido siempre? Sí y no. Ya no era únicamente el vago Longor, ni únicamente el príncipe Longor. Era el Regente. Una figura que no se correspondía exactamente con el nombre. Siempre había sido así, en realidad. Nunca había existido una correspondencia total entre Longor y sus títulos, ¿cuándo la hay?

¿Qué ha sido, a todo esto, de la princesa Georgina?, ¿sigue acostada en el suelo de piedra de la cueva al borde del desierto, donde la dejamos?

El tiempo también ha transcurrido para ella. En su rostro, en toda su figura, se aprecian las señales del paso del tiempo. Sigue siendo una mujer bella. Una sombra de inquietud se intuye todavía en el fondo de sus ojos castaños. Aún podemos reconocerla. El *horror vacui* que ha padecido desde que tuvo conciencia de sí misma le resulta ahora mucho más llevadero que antes. Es una enfermedad tan propia de su ser que se ha convertido en costumbre. Pasa completamente desapercibida entre todas las demás. Si Georgina quisiera separarla de las otras y aislarla, no podría.

Nadie la llama princesa. Nadie la llama, tampoco, por su nombre. Sus numerosos nietos la llaman abuela. Sus hijos, sus amigos, toda esa gente que la conoce de cerca o que ha oído hablar de ella, la llaman como se les ocurre en ese mismo momento, ya sea madre, madrina, mujer, dama, hada o cosas por el estilo. A ella le da igual. Ha perdido la cuenta de los años que tiene, de los hombres con quienes ha compartido trechos de su vida, de los hijos que ha tenido con ellos, de las cuevas y casas que ha ido habitando. Dios sabe el tiempo que pasó en la primera cueva, la que desde el primer momento en que la vieron sus ojos la reconocieron como suya. Nadie recuerda ya aquellos largos años. En la actualidad, vive en una cabaña bastante espaciosa, cuya entrada es velada por dos leones de aspecto benigno, siempre recostados en la arena, Sigue bañándose en el río a horas inopinadas, sigue recostándose en una hamaca bajo los castaños, sigue ofreciendo a sus visitantes, a sus amigos, a sus numerosos nietos la comida que preparan sus manos. De su antigua vida palaciega, le ha quedado el gusto de quedarse absorta sin hacer nada, sin pensar en nada, disolviéndose en el aire. Eran ejercicios para conseguir la curación del *horror vacui*. Ahora son otra cosa, son ella. Así es, también, como la llaman algunos: ella. No parece, sin embargo, que a ella le guste demasiado este apelativo. Siempre que alguien la llama así, se queda un instante inmovilizada, como si no estuviera segura de ser esa «ella» a quien se dirigen.

Esta mujer singular, madre de tantos hijos, abuela de incontables nietos, amiga de cientos de amigas y amigos y conocida en mil leguas a la redonda de la cabaña que le servía de cobijo, un día les dijo a todos que se marchaba de allí.

¿Adónde? Eso no lo dijo. Se marchaba, sin más.

Ya había viajado lo suyo —nadie sabía de dónde provenía la ermitaña— hasta asentarse en aquel sitio, ¿quién podía extrañarse de que quisiera volver a los caminos? Aún disponía de fuerzas. La vida la había gastado, pero muy lentamente. Nunca había tenido muchas fuerzas y el desgaste, si tal cosa fuera posible, parecía haber sido él mismo consciente de que tenía que proceder muy despacio.

Adiós, hijas mías. Adiós, hijos. Adiós, nietas y nietos. Adiós, queridas amigas.

Adiós, amigos míos.

Nadie le preguntó si pensaba volver. Esa clase de preguntas no se hacen en los poblados que surgen en medio del desierto. Algunos dijeron que irían con ella. Unos, porque no se habían movido nunca de allí. Otros, por todo lo contrario. Eran nómadas y estaban de paso.

En aquellos tiempos, no era extraño ver por los caminos caravanas de caminantes, carretas y animales de todas clases. Iban a la búsqueda de algo interesante para todos, un tesoro o una forma de vida. La caravana estaba normalmente encabezada por una especie de guía, una especie de maestro que no tiene que enseñar a sus discípulos otra cosa que la dirección que hay que tomar. Algunos de estos guías, entre los cuales se encontraba nuestra Georgina, apenas hablaban. Los caminantes eran como una manada de ovejas que sigue ciegamente a su pastor, tanto si les hace alguna indicación como si no.

Cuánto tiempo duró la extraña expedición no se sabe a ciencia cierta. Tal como había sucedido tiempo atrás con el peregrinaje que había realizado Longor de Belamar a Volarén, que dio lugar a variadas crónicas y leyendas, el largo y lento trayecto desde el lugar remoto al que la princesa Georgina había ido a parar hasta el antiguo reino de Volarén también dio origen a toda clase de historias. Relatos no tanto de batallas y encuentros con otros pueblos y tribus como de hechos extraordinarios. Misterios, milagros, apariciones, curaciones... La expedición de Longor, aunque no había tenido un objetivo bélico, lo parecía. Algunos de los hombres iban armados y podían ser tomados más como soldados que como expedicionarios. Más aún los que iban a lomos de caballos. Aquella fue una época de batallas y grandes calamidades, hambrunas y plagas. Los caminos del reino estaban infestados de saqueadores. En cambio, la caravana de Georgina se deslizaba suavemente por una tierra que se había replegado en sí misma. Los pueblos ya estaban cansados de luchar. Miraban hacia lo alto y pedían milagros. Estaban atentos a las señales y las voces procedentes del más allá. Un sinfín de fenómenos notables se produjeron por aquellos lares en aquella época. El rebaño de las ovejas —no eran ovejas, pero lo parecían— seguía a Georgina. En determinado punto del camino, los pasos, muy lentos, de la peregrina fueron precedidos de otros, los de aquellas personas que anunciaban su llegada. Los profetas.

Allí por donde pasaba, Georgina era retenida un poco y la gente acudía a ella en busca de remedio para sus penas o simplemente por la curiosidad de verla, ya que los profetas, al anunciar su inmediata llegada, se habían prodigado en elogios sin cuento. En aquellas paradas, Georgina descansaba y recobraba fuerzas. No le importaba atender·a las personas que solicitaban audiencia con ella, una vez que había pasado casi un día entero recluida en el aposento o la tienda de campaña que le tenían preparados en las ciudades y pueblos a los que llegaba.

Georgina no rechazaba las comodidades ni los lujos discretos. Eran reminiscencias de su infancia palaciega. Su cuerpo había sido criado entre algodones. Durante la época en que había vivido en cuevas y chozas, se había ejercitado en el ascetismo y se había adaptado perfectamente a las costumbres más duras de los ascetas. Había convivido con varios de ellos, los más exigentes y renombrados. Incluso había compartido con un faquir habitación y lecho —no el del faquir— y había conocido, aunque no practicado, algunas de las artes de la simulación y los trucos visuales. Había demostrado, en suma, ser dueña de una enorme capacidad de adaptación. Pero cuando le ofrecían comodidad, la aceptaba y disfrutaba de ella.

Los ratos que pasaba Georgina en los acogedores aposentos o tiendas de campaña que le disponían a su llegada a los pueblos le permitieron recobrar la salud que había ido perdiendo poco a poco a lo largo de su vida. Cuando los profetas avistaron las primeras casas de Volarén y la silueta del castillo en lo alto de una suave colina, Georgina se encontraba mucho mejor que cuando había salido de los remotos territorios donde había pasado tantos años. A su llegada a Volarén, el aspecto de Georgina no era muy diferente de como había sido en el momento de su marcha.

La caravana se encontraba a las puertas de la vieja villa real de Volarén, dijeron los mensajeros. El Estado Moderno de Volarén –ese era el nombre que tenía ahora el antiguo reino– envió a una pequeña delegación para darles la bienvenida. No sabían qué clase de gente sería aquella, aunque los mensajeros dijeron que no parecían alborotadores, ni siquiera vagabundos. A lo más, una secta. Encontraron a Georgina instalada en una magnífica tienda de campaña. Los miembros de más edad de la delegación la reconocieron de inmediato. Los más jóvenes no habían tenido oportunidad de conocerla. El criterio de los mayores se impuso. Comentaron, impresionados, la belleza intacta de la princesa, en la que se aunaban los rasgos de la muy hermosa Reina Rosalinda y del muy digno Rey Doncel, quienes, tras tantos años después de su muerte, aún eran recordados con veneración. Corrieron a la posada donde se alojaba Longor y le trasladaron, alborozados, las buenas noticias.

Longor no empleó mucho tiempo en pensárselo. Salió a la calle tal como estaba. Los suyos le seguían, pero a cierta distancia, con respeto instintivo, conscientes de la trascendencia del inminente encuentro. En el trayecto, numerosas personas se fueron uniendo a los delegados del Estado de Volarén y, cuando Longor enfiló el camino que llevaba al campamento de la princesa, un ejército de gente no armada se había reunido a sus espaldas. Hablaban y gritaban, no podían contener su excitación. Al cabo de los años, regresaba a Volarén el que había sido el miembro más querido de la realeza. El remoto pasado resucitaba. Una emoción de ultratumba agitaba los corazones. Todo el mundo sabía perfectamente que la princesa Georgina había causado al Rey una preocupación sin límites. Desde que la princesa había abandonado el reino, el Rey había sido presa de la melancolía y había descuidado los asuntos de gobierno. Cuanto había sucedido después, la sublevación de los reaccionarios, la tiranía, la difícil y lenta instauración del Estado Moderno, no tenía la mayor importancia. El Rey, finalmente, había muerto, aislado del pueblo, pero consolado por Longor, el esposo de la bella princesa desaparecida. Ahora que volvía la princesa, ¿qué pasaría?

Entró, al fin, Longor en la jaima de la princesa Georgina. Alguien soltó la cuerda que sujetaba la lona enrollada sobre el hueco de la entrada. La tienda quedó cerrada. La gente se sentó alrededor de la tienda. Estaba cayendo el sol y soplaba una suave brisa. Alguien repartió jarras de agua. Estaban dispuestos a esperar el tiempo que hiciera falta. Era buena esa sensación, dejar pasar las horas sin hacer nada, libres de objetivos y responsabilidades. Solo había que mantener la curiosidad, la esperanza de que se produjera un milagro cuya naturaleza nadie hubiera podido explicar. ¿Qué era lo que esperaban exactamente?, ¿una vuelta al pasado?, ¿un viaje hacia un futuro utópico?

El manto de la oscuridad nocturna aún no había caído sobre el campamento cuando la princesa salió de la jaima y, tras agitar la mano en señal de saludo, dijo:

—Amigos míos, habitantes de mi amado y antiguo reino de Volarén, en el que nací y al que vuelvo para morir. Soy, tal como pensáis, la princesa Georgina, la misma que padeció, nada más iniciar su juventud, la extraña enfermedad del *horror vacui,* que tantas preocupaciones causó a mi padre el Rey y a todo el reino. Han transcurrido muchos años desde entonces y no pocos cambios. Se han sucedido guerras, epidemias y todo tipo de catástrofes. He vivido mucho tiempo lejos de vosotros y del esposo que mi padre, con la esperanza de que constituyera un remedio para mi enfermedad, buscó para mí. Ese fue el último de los remedios que seguí, de acuerdo con su real voluntad. Finalmente, emprendí mi propia búsqueda. Rompí todos los lazos que me unían a mis semejantes. Hace tiempo de eso. He regresado a Volarén con la idea de pasar entre vosotros el tiempo que me quede de vida. Aún debo aprender muchas cosas. Vengo acompañada de amigos y personas de buena voluntad. Os pido que nos dejéis ser parte de vuestro pueblo. No venimos a quitaros nada. Nos estableceremos, si os parece bien, en los márgenes de la villa y trabajaremos en la persecución del bien de todos.

»Del *horror vacui* que padecí me han quedado algunas secuelas. No se sufre en vano. No hay ser humano que se libre del dolor. A todos nos espera la muerte. Pero eso lo sabéis de sobra y no voy a venir ahora, al cabo de tantos años de ausencia, a deciros estas obviedades.

»Por los años en que la enfermedad fue más intensa, sentía una especie de desalojamiento interior, como si los sentidos me hubieran abandonado. Lo que veía, no lo veía de verdad. Lo que tocaba, no resultaba palpable. Lo que oía, se disolvía en ruidos. Los bocados de comida que me llevaba a la boca y los tragos de agua que corrían por mi garganta me resultaban insípidos. Las hermosas flores que llenaban los jardines no despedían aromas para mí. Eso me hundía en una rara desesperación. Al carecer de sentidos, el vacío se apoderó de mí. Deseaba morir de verdad, ya que me sentía casi muerta. En ese margen, en ese estar muerta sin estarlo del todo, se gestaba la desesperación. Era una puerta que se cerraba una y otra vez, una voz que se colaba dentro de mí y me decía en susurros que todos mis intentos por luchar serían vanos, que todas las batallas estaban perdidas de antemano. Por eso me movía sin cesar, entregándome a todo tipo de actividades, huyendo de mi propio interior y de los reflejos que proyectaba en el mundo.

»Esta es una enfermedad que no se ve, que no se palpa, que no tiene olor, ni sabor, ni ruido. Está tan dentro de ti que resulta inalcanzable. Parece una invención, un engaño. Para huir de ella, la gente hace cosas sin parar, una tras otra, las que sean. Cocina, lava la ropa, cose, plancha, canta, baila, come, bebe, viaja, habla, camina, corre, se echa al agua a nadar, escala montañas. En cuanto el ritmo decae, se atisba el peligro. Los espejos son nefastos. La contemplación es el mayor de los riesgos. La huida constante, la fuga permanente, se presentan como el único remedio. Pero son soluciones engañosas, porque el *horror vacui* vuelve siempre. Cuanto más huyes de él, más se encona, más empeño pone en hacerse notar.

»Al fin, amigos míos, solo queda mirarlo a la cara, profundizar, sumergirse en él. Introducir pausas y reflexiones en medio de la acción más agitada. Hablar. Sí, hablar despacio y sin límite de tiempo con las personas que te rodean, indagar en sus mundos, dejar de lado el tuyo. Pensar. Pensar sin trazarte dirección alguna.

»¡Qué riqueza la de la mente! Sus capacidades son tan asombrosas que parece mentira que estén dentro de ti, que sean cosa tuya y no un tesoro inalcanzable.

»He hablado de todo esto con Longor, mi esposo, a quien no veía desde hacía años. Necesitaremos tiempo para volver a encontrarnos. Hemos vivido, cada uno por su lado, grandes experiencias. Aún no sabemos si estamos ahora más lejos o más cerca el uno del otro de lo que estuvimos cuando contrajimos matrimonio y en los años de nuestra convivencia. Necesitaremos tiempo para averiguarlo, si es que podemos hacerlo, porque si algo he aprendido a lo largo del recorrido de mi vida es que hay cosas que nunca acabaremos de conocer.

»Os agradezco profundamente el interés que os ha suscitado mi regreso y el posible afecto que lo anima. Lo que me sucede con Longor me pasa con vosotros. Necesitaremos tiempo, todos, para volver a encontrarnos. Gracias por el recibimiento. Lo agradezco de corazón. Quisiera pediros, también de corazón, que volváis ya a vuestras casas y que, al término del día, os vayáis tranquilos al lecho para disfrutar, así os lo deseo fervientemente, de un sueño apacible. Ni esta antigua y ahora nueva vecina de la villa ni ninguno de sus acompañantes han venido aquí con el propósito de molestar ni de alterar la vida de nadie.

»Buenas noches, amigos.

Georgina agitó su mano en el aire y entró en la jaima. Los vecinos de la villa de Volarén regresaron, poco a poco, a sus casas. Cayó la noche. Vino la mañana.

Pasaron los días. Pasaron los años.

El cuento de la princesa del *horror vacui* se propagó por el mundo.

En lo que se refiere al final del cuento, circularon varias versiones. En todas ellas, aunque con distinto énfasis, se hacía mención de la llegada a la villa de los descendientes de la princesa Georgina. Una gran cantidad de hijos, hijas, nietos y nietas llegaron desde los confines de la tierra, se establecieron en Volarén y contribuyeron activamente a su prosperidad. Pero hay algo fundamental en lo que las diversas versiones del cuento difieren. Unas nos muestran a Georgina y Longor viviendo en la misma casa y formando una pareja de ancianos apacibles y felices con quienes daba gusto encontrarse por las calles de la villa y los senderos de los alrededores cuando salían a dar sus habituales paseos. Otras versiones nos los presentan habitando en viviendas separadas. Según estas relaciones, Georgina y Longor a veces se veían y se mostraban amables, casi en dulce concordia, el uno con el otro. Otras, discutían, se enfadaban entre ellos, se levantaban un poco la voz. Tardaban algún tiempo en volverse a ver.

Entre unas y otras versiones, que cada cual escoja la que mejor se acomode con sus gustos y sus ilusiones. Eso es lo que hacen las leyendas: vagan por encima de nuestras cabezas, como corrientes de aire que perdieron el rumbo, y de pronto se posan en nosotros, nos envuelven y dejan en nuestros oídos el ritmo cadencioso de las palabras que desde un tiempo inmemorial hemos deseado escuchar.

2. *CETERIS PARIBUS*
(PERMANECIENDO INVARIABLE EL RESTO
DE LAS CIRCUNSTANCIAS QUE RODEAN
EL HECHO)

Los niños Betencor tenían maestra. Eso era algo un poco raro. Algunas familias distinguidas tenían institutriz o «mademoiselle». O «señorita», lo que denotaba menor categoría. En el seno de ciertas familias –muy especiales– existía la figura de «tutor». Eso sonaba algo anticuado. Esta clase de familias –con tutor– solo aparecían en las novelas. Se habían extinguido. Con todo, eran una posibilidad. En cambio, lo de tener maestra en casa era una auténtica rareza. Los Betencor eran los únicos que la tenían.

Gonzalo Betencor era un hombre singular. Había heredado una fortuna de dimensiones razonables que le permitía vivir con cierta holgura y algunos lujos. Sus gustos e intereses no exigían el desembolso de grandes sumas de dinero. A diferencia de los contemporáneos de una parecida condición social a la suya, no era aficionado a la caza ni a los banquetes. La vida escandalosa de los nobles que creían ser la parte frívola y holgazana del orden divino aún tenía algunos practicantes a comienzos de siglo, pero entre ellos no se encontraba Gonzalo Betencor. Había centrado el orgullo en su biblioteca, en la que pasaba horas recluido, no tanto leyendo sino ordenando y volviendo a ordenar los valiosos volúmenes que se almacenaban en las estanterías.

61

Haber reunido en aquella habitación tan elevada cantidad de libros le proporcionaba una satisfacción incomparable. Había llegado a creer que los conocimientos que se guardaban en aquellas páginas eran de su propiedad. Ciertamente, no emanaban de él, pero eso carecía de importancia. No se consideraba un sabio, sino un hombre que, por encima de todo, admiraba las altas cimas que, en el terreno del pensamiento, de la ciencia y de las artes, había alcanzado la humanidad. La cultura era, para Gonzalo Betencor, el factor que establecía la verdadera diferencia entre las personas, lo que les confería nobleza. No la cuna, ni las posesiones, ni las habilidades relativas a los negocios o los deportes. La cultura era la expresión más destilada y preciosa de la civilización, y los hombres y mujeres que la cultivaban eran, a sus ojos, los más genuinos representantes de la humanidad, los únicos que podían responder plenamente al calificativo de seres humanos.

Con semejantes ideas en la cabeza, y no teniendo tiempo –ni, a su entender, las facultades necesarias– para dedicarse a la educación de su numerosa prole, Betencor emprendió la búsqueda de la persona idónea para el desempeño de dicha tarea. Mucho indagó y mucho buscó y, finalmente, optó por una opción que en su entorno se tuvo por extravagante. Hizo venir, desde un lugar remoto, a una joven cuyos métodos, según los educadores consultados, no seguían las pautas de la enseñanza convencional, si bien no resultaban de ningún modo indecorosos ni levemente ofensivos para nadie y, eso se destacaba, los jóvenes que la maestra había tenido a su cargo conseguían un alto grado de conocimientos. Dado que los métodos eran un poco heterodoxos –quien la contrataba se exponía a correr algún riesgo–, el monto de los honorarios de la maestra era más que razonable y se encontraba al alcance de Gonzalo Betencor, quien, con el transcurrir de los años, había visto disminuir la fortuna heredada de sus padres, ya que no había realizado el menor esfuerzo por incrementarla o, al menos, por conservarla. Obedeciendo a una vocación de tipo contemplativo, Betencor había empleado su tiempo en trabajos de todo punto improductivos.

Instalaron a la joven, que respondía al nombre de Amanda, en una de las habitaciones más modestas de la segunda planta de la mansión, la destinada a la familia. Betencor quería que sus hijos tuvieran siempre cerca a la maestra, con el objeto de que ella pudiera estar pendiente de los más pequeños detalles de su comportamiento. Al mismo tiempo, deseaba transmitir a todos los habitantes de la casa que la joven no pertenecía a la categoría del servicio. De ser así, la habrían acomodado en la buhardilla.

Del aspecto físico de la joven maestra podía decirse poco. No había en ella rasgo alguno que llamara la atención. No era ni alta ni baja, ni gorda ni delgada, ni rubia ni morena, ni guapa ni fea. Era una presencia más bien agradable, pero no arrebatadora, más bien silenciosa, pero no muda, que, curiosamente, creaba, por decirlo así, su propio espacio. Es decir, si estaba en la habitación, estaba. Su presencia no pasaba inadvertida. No era una persona totalmente transparente. La razón más evidente de ese hacerse notar tan sutil era el aroma que emanaba de ella. No se trataba de un perfume, sino de un olor personal, muy delicado, que no podía identificarse con el de ninguna planta, flor o sustancia conocidas. Era tan leve que los moradores de la casa tardaron días en darse cuenta del fenómeno. Hasta que alguien dijo un día: «¡Qué bien huele la maestra!», y todos asintieron, asombrados de no haber puesto de manifiesto, hasta el momento, aquella agradable impresión, de la que ahora eran plenamente conscientes.

Gonzalo Betencor tuvo entonces un gesto que sorprendió a familiares y conocidos. Tras pedir licencia a su mujer,

Hortensia, que era de naturaleza compasiva, y consultárselo a la propia maestra, abrió su casa a los habitantes del pueblo. Acondicionó una gran habitación de la planta baja, en otros tiempos destinada a los carruajes, para que sirviera de aula y se impartieran en ella clases de literatura, historia y bellas artes, en horarios fijos y regulares, a las que podían asistir cuantos niños y niñas de Altozano, la villa en la que los Betencor tenían sus propiedades, coincidieran con el tramo comprendido entre las edades de sus hijos e hijas, quienes también asistirían a las mismas. A la maestra, según se supo, la idea le había parecido muy acertada y participó con entusiasmo y eficacia en las labores de acondicionamiento del aula.

Ese fue un punto de inflexión en la vida del pueblo. Los horizontes se ensancharon. El mundo se extendía más allá de los límites conocidos. Todo parecía posible. Existían otros mundos, existía la ciencia y la investigación, existían las revoluciones y los cambios, los derechos de la mujer, el sufragio universal, todo tipo de artilugios y máquinas, tiempo libre, ocio, espectáculos, placeres al alcance de todos, o de muchos.

Eso fue obra de Amanda. Y de Betencor.

Corrieron rumores sobre un amorío entre ellos. Estaban de acuerdo en todo, eso era evidente. Sin embargo, llevaban vidas muy distintas. Aunque Amanda, como ya se ha dicho, se alojaba en una de las habitaciones de la segunda planta, donde don Gonzalo y doña Hortensia también tenían sus habitaciones, solo coincidían —al menos, a la vista de todos— en el comedor, a las horas de las libaciones, el desayuno, el almuerzo y la cena. Sus respectivas rutinas eran muy diferentes. Don Gonzalo, como ya se ha dicho también, pasaba la mayor parte del tiempo en la biblioteca, ordenando y volviendo a ordenar los numerosos volúmenes y folletos que en ella se guardaban. A veces, recibía la visita de algún amigo que compartía con él la pasión por los libros. Eran personas, en su mayoría, ligadas al negocio de los libros antiguos. Algunas de ellas se acercaban a la casa de Betencor con el propósito de venderle tal o cual manuscrito que podía ser de su interés. Don Gonzalo recibía a las visitas en la misma biblioteca, a la que se podía acceder, desde el lateral izquierdo del amplio zaguán, por una estrecha escalera que arrancaba justo al lado del aula donde la maestra impartía las clases. Los bibliófilos, que eran conducidos por aquella escalera, antes de iniciar el ascenso se asomaban al aula con la esperanza de ver a la maestra en plena faena, pero la puerta del aula no siempre estaba abierta y, cuando lo estaba, en el aula por lo general no había nadie. Pero todos ellos habían visto, al menos una vez, a la joven maestra —al fondo del aula, encaramada a una tarima, dominando toda el panorama— y tenían de ella una impresión muy distinta de la del resto de los moradores de la casa. Amanda, vista desde aquel pasillo, parecía una diosa. Ninguno de ellos, sin embargo, se atrevió a hacerle el menor comentario al señor de Betencor sobre la atracción magnética que irradiaba la maestra. Don Gonzalo no era persona que propiciara excesivas muestras de confianza. Era un hombre a la antigua. Cualquier observación que se refiriera a la joven podría ser vista como intolerable intromisión en su privacidad, casi como procacidad.

Don Gonzalo nunca utilizaba aquella escalera. La biblioteca ocupaba prácticamente toda la tercera planta. Una escalera de caracol comunicaba la habitación del señor con su despacho de la biblioteca. Como la maestra, a quien el señor de la casa le mostró, el día de su llegada, aquel habitáculo que era su mayor orgullo, había manifestado su deseo de consultar algunos de los tesoros en él guardados, se estableció un horario para ella. Amanda podía disfrutar de la biblioteca desde el mediodía hasta primera hora de la tarde, el tiempo que se correspondía con al almuerzo y la siesta de los señores. Doña Hortensia le comunicó a la maestra que no debía excusar su asistencia a las horas de la cena, el acto que congregaba a toda la familia, pero que bien podía faltar a uno o dos almuerzos por semana, si es que deseaba pasar un tiempo a solas, ya fuera en la biblioteca o en su modesta habitación o en algún lugar del jardín. Prefería, eso sí, que se quedara dentro del recinto de la mansión, por si tenían que hacerle alguna consulta. En el caso de que Amanda quisiera aprovechar para ir al pueblo a hacer algún recado las horas en las que su presencia no resultaba, en principio, necesaria, le pedía muy encarecidamente que se lo comunicara.

Finalmente, con la excepción de los fines de semana —que se regían por otras normas—, Amanda, los martes y los jueves, almorzaba con la familia Betencor, los lunes y los miércoles se instalaba en la biblioteca mientras los señores almorzaban, primero, y luego descansaban, y el viernes se iba de recados al pueblo. Doña Hortensia dio el visto bueno al horario de la maestra. En ese tipo de cuestiones don Gonzalo no se metía nunca. El horario que marcaba las costumbres y los hábitos de la casa no era de su incumbencia y, con toda probabilidad, tampoco era de su interés. Es muy posible por tanto que, cuando cada día llegaba la hora del almuerzo, Betencor no supiera si la maestra se iba a encontrar o no entre los comensales, por lo que su sorprendido saludo, si es que ese mediodía Amanda se sentaba a la mesa, podía ser perfectamente sincero.

—¡Así que hoy tenemos el regalo de su presencia, querida maestra! Cuéntenos. Me han dicho que sus alumnos están haciendo extraordinarios progresos.

La voz de don Gonzalo expresaba verdadera expectación. Más o menos, siempre decía lo mismo, siempre saludaba a la maestra como si hiciera mucho tiempo que no la veía. En el desayuno nunca coincidían, pero se veían diariamente a la hora de la cena. Sin embargo, eso no parecía contar para el señor de la casa. En las cenas siempre solía haber algún invitado –a doña Hortensia le gustaba cumplir con sus compromisos y cultivar sus amistades–, no era el momento de los comentarios referidos a las vidas de los habituales pobladores de la casa. En las cenas, Betencor entablaba conversación con los invitados de turno, a quienes endilgaba densos discursos sobre la importancia de la cultura, e ignoraba a todos los demás, que ya habían escuchado esas u otras palabras parecidas en innumerables ocasiones.

Doña Hortensia y don Gonzalo eran un matrimonio bien avenido. Eso era de dominio público. La pasión bibliográfica de Betencor se correspondía con el talante caritativo de doña Hortensia. Mientras don Gonzalo adquiría nuevos volúmenes y reordenaba una y otra vez su famosa biblioteca, doña Hortensia recorría hospitales, hospicios, asilos y albergues destinados a las personas más necesitadas, acudía al ropero donde se reunían las damas para coser y organizar la entrega de ropa a los pobres, inspeccionaba comedores abiertos a los menesterosos y a los vagabundos, y, en su escaso tiempo libre, rezaba. A diferencia de su esposo, un hombre fundamentalmente descreído que miraba con acusada suspicacia todo lo que se relacionaba con la religión, doña Hortensia era una dama devota. Creía en un Dios compasivo, aunque algo olvidadizo, a quien había que recordar constantemente las necesidades y carencias de los seres humanos. La intendencia de la casa, asunto que nunca había considerado de interés ni –¡bendita sea!– de su incumbencia, la llevaba una buena –y razonablemente eficaz– señora, a quien todos llamaban «ama», que vivía en la mansión desde tiempo inmemorial y que tenía la extraordinaria virtud de no alardear de su poder.

Doña Hortensia sentía veneración por su esposo, con

quien compartía muy pocas cosas. Desde hacía años, ni siquiera el lecho. A veces, cuando lo veía de lejos, se acordaba de aquellos encuentros nocturnos y sentía una punzada de nostalgia, pero, para cuando llegaba la noche, ya se había borrado todo rastro de ella. Estaba cansada, solo quería hundirse en el blando colchón, apoyar la cabeza en las blandas almohadas, y dormir.

A don Gonzalo le pasaba un poco lo mismo. Algunas veces, contemplando a su esposa, se decía que aún merecía algún revolcón. Había envejecido bien, con suavidad. Siempre había sido una mujer sensual. El movimiento de sus caderas al andar aún le resultaba algo excitante. En verano, sus brazos desnudos se extendían en el aire y parecían invitar a los abrazos, a las caricias. Betencor casi sentía celos cuando detectaba que los brazos de su mujer atraían alguna indiscreta mirada proveniente de un varón en celo. Aquellos brazos aún le gustaban. Pero esas sensaciones se desvanecían pronto. Entregado a sus libros y a sus eruditas conversaciones, los brazos dejaban de existir.

Aún había algo entre ellos, decían todos. Si era que el señor de Betencor tenía una aventura, un idilio, con la maestra, la estabilidad matrimonial estaba fuera de peligro.

Entre los chicos que asistían a las clases de Amanda, se encontraba un jovencito llamado Aldo, el mayor de la numerosa prole de una conocida familia de agricultores, de viva inteligencia y extremada sensibilidad. Para completar el retrato, Aldo tenía los ojos de un insondable color castaño, el cutis finísimo y el pelo, ensortijado, y también castaño, con reflejos dorados. De niño, parecía una de esas estampas que representan a los santos durante su infancia y que suscitan en la imaginación los innumerables peligros que acechan a una belleza así. A la sazón había adquirido un aire más ambiguo, del que él no era en absoluto consciente.

Naturalmente, la maestra se fijó en él. Aunque no hubiera tenido aquella apariencia de tentador efebo, no habría tenido más remedio que fijarse. Era de esa clase de alumnos, pocos, a quienes les gusta participar de forma activa en clase. Al menor atisbo de pregunta que Amanda lanzaba al aire, Aldo levantaba la mano, deseoso de expresar su opinión, que en general era acertada. Para él, estar ahí, en la mansión de los Betencor, ante una maestra cuyos conocimientos parecían abarcar el mundo entero, era como un sueño. No podía desperdiciar ni un solo segundo. Absorbía con rapidez las lecciones que le eran expuestas para luego meditarlas a lo largo del día y acudir a la mañana siguiente al aula, ansioso por recibir nuevas enseñanzas.

Para Aldo, como para los bibliófilos que, al pasar por delante de la puerta entreabierta camino de la estrecha escalera que conducía a la biblioteca, a veces vislumbraban al fondo a la maestra, subida a la tarima, Amanda era una especie de diosa. Empezaba ahora, a través de los textos que la maestra daba a leer a sus alumnos, a saber lo que era el amor. En el pequeño recinto, en la parte de atrás del huerto, donde su madre cuidaba de sus animales, había visto a gallinas, ocas y cerdos entregados al acto de la procreación, pero eran escenas que, al estar circunscritas al reino animal, no implicaban un conocimiento más amplio de los seres humanos. Si le llegan a decir que aquellos extraños y brutales acoplamientos de los cuerpos y aquellos ruidos guturales y gemidos que salían de sus picos o de sus morros tenían algo que ver con el sublime sentimiento del amor, tan ensalzado en poemas y canciones, se habría quedado de piedra o habría pensado que tal aseveración era una broma de mal gusto.

Lo que Amanda decía del amor no tenía nada que ver

con aquellas escenas. De forma que Aldo concibió el amor como una emoción superior, casi mística. Él mismo escribió algunos poemas a imitación de los que la maestra les daba a leer. Mientras las palabras se plasmaban en el papel, se sentía llevado por una inspiración extraordinaria, como si alguien se las estuviera dictando. Por sugerencia de Amanda, confeccionó un elegante cuadernillo en el que pasó a limpio los versos en tinta de color violeta. Aunque Aldo expresó su voluntad de regalar el cuadernillo a la maestra, ella lo rechazó. Debía guardarlo como recordatorio de sus dones y aspiraciones, aconsejó al alumno. El amor que en los versos se expresaba residía en su interior, dijo la maestra, no se dirigía a un destinatario concreto, porque el amor, en el fondo, era así. Por eso, para no olvidar ese esencial rasgo del amor, era importante guardar el cuadernillo.

Como muchos de los chicos que asistían a las clases de Amanda, Aldo pensaba que estaba enamorado de ella. Las chicas también lo estaban. Aquellos amores, en su mayoría, eran, más o menos, como el que Aldo sentía, se desarrollaban en el plano de la abstracción. La maestra era inalcanzable, no solo por su edad, sino por su sabiduría y por aquel halo de diosa que rodeaba su cabeza. Pero las palabras que la maestra le había dirigido a propósito de su cuadernillo de versos dejaron en Aldo un poso de extrañeza. Creía sentir hacia ella esa clase de amor platónico que había inspirado a muchos poetas y aceptaba los términos en que se desarrolla ese amor, pero intuía que detrás de las palabras de la maestra aleteaba una sombra. Los ojos de Amanda se habían vuelto opacos. Un pensamiento oscuro se había filtrado en la visión idílica del amor. La maestra sabía algo que jamás le diría.

En la villa corrían todo tipo de rumores acerca de la maestra. Se mantuvieron perezosos durante el invierno pero, cuando llegó la primavera, cobraron nuevas fuerzas. Alguien dijo que la joven se veía a escondidas con un forastero en una de las cabañas próximas al río donde los pescadores guardaban sus utensilios. Tuvieron lugar una serie de hurtos, que fueron atribuidos al forastero. Pasó el verano, con esos y otros rumores propios de una estación que invita al abandono. Con la llegada de las primeras lluvias otoñales, volvió la calma y el recogimiento. Las clases de Amanda en la mansión de los Betencor se reanudaron. Los bibliófilos espiaban a la maestra al pasar por delante del aula camino de la biblioteca, los alumnos seguían enamorados de ella, el señor de Betencor seguía sorprendiéndose –y congratulándose– cada vez que la maestra se sentaba a la mesa del comedor, como si eso constituyera una importante novedad.

Hasta las Navidades. Amanda pidió permiso para celebrarlas, dijo, con su familia, sin especificar más. Se fue y no volvió.

Su desaparición fue objeto de muchos comentarios, pero nadie manejaba datos concretos. Gonzalo Betencor contrató los servicios de un detective, expolicía, viejo amigo suyo, para que hiciera indagaciones sobre el paradero de la maestra, pero no se llegó a ningún resultado. Amanda, por lo demás, no se había llevado nada que no fuera suyo, incluso había dejado en su ascético cuarto de la segunda planta algo de ropa y unos libros de carácter enciclopédico. No podía procederse a ninguna clase de acusación formal. El señor Betencor tampoco había firmado con Amanda acuerdo alguno. Pero no está bien que las personas no comuniquen una decisión de ese tipo. Cuando alguien se va de un sitio, lo anuncia, se despide de la gente. Existe una especie de compromiso implícito, unas reglas no escritas de urbanidad. Más aún en el caso de alguien que se dedica a la enseñanza. Nadie hubiera esperado esa clase de comportamiento en una maestra. Amanda, concluyeron todos, siempre había sido algo misteriosa. Lo veían ahora, cuando se había ido sin decir adiós a nadie. Finalmente, decidieron que la desaparición de Amanda encajaba en la idea general que se habían hecho de ella. Si nunca se había sabido de dónde había venido, no era de extrañar que tampoco se supiera en qué lugar del mundo se encontraba ahora ni el motivo por el que se había marchado de Altozano. Pero tampoco había que cargar las tintas. Los rumores malintencionados que habían corrido sobre ella nunca habían sido tan poderosos como para afectar a su reputación. Los alumnos –y los padres de los alumnos– le habían sido leales hasta el último momento. El éxito de sus clases no había decaído jamás. Bien pensado, no podían reprocharle nada. Había sido amable con todos, con los listos y con los torpes. Los comentarios fueron amainando. Después de dos años de la desaparición de Amanda, nadie pronunciaba su nombre. Si alguien en el pueblo aún recordaba a la maestra, no podía saberse.

Al cabo de dos años más, el nombre de Amanda apareció en el periódico. Amanda Tello, ese era su nombre completo, que la mayoría desconocía. La fotografía que se reproducía era algo borrosa, pero no había dudas. Era ella. Figuraba en la última página, dedicada a historias curiosas e interesantes. Lo que la crónica contaba era que Amanda Tello había fundado una escuela para niñas y había escrito un manual, de cuyo prólogo se citaban unas frases que se referían a la necesidad de que las niñas fueran educadas casi de la misma forma que los niños. Casi. Amanda Tello sostenía que las capacidades intelectuales de unas y otros eran las mismas y que dependían no tanto del sexo como de otras y muy variadas circunstancias. El «casi» se refería, fundamentalmente, a cierta fragilidad emocional relacionada, al entender de Amanda Tello, con la complexión física de las mujeres, más delicada que la de los hombres.

Pero las páginas que el libro dedicaba a la teoría eran pocas. Su carácter era pragmático. El manual describía los nuevos métodos de enseñanza, basados en la satisfacción que proporcionan los descubrimientos y el aprendizaje. No había en él referencia alguna a la divinidad, pero en ningún momento se negaba de forma expresa la existencia de Dios. Este era un asunto que quedaba completamente al margen y que ni siquiera se echaba de menos. La ausencia de Dios pasaba inadvertida.

La crónica del periodista no daba ningún dato sobre la vida personal de la fundadora de la escuela y autora de *La educación de las niñas*. La presentaba como una mujer enteramente entregada a su proyecto. No se insinuaba la existencia del menor vínculo emocional que la ligara, de forma personal, al mundo. El suyo era un proyecto colectivo. El periodista concluía el artículo con una loa a esta clase de empresas, un encendido elogio a las causas colectivas y, de paso, una explícita condena del egoísmo, fruto del exacerbado individualismo que imperaba en el siglo.

Uno de los primeros lectores de la crónica fue Aldo Pastrana, que en aquel momento ostentaba el cargo de segundo consejero en el Ayuntamiento de Altozano, recientemente constituido. Aldo, el alumno aventajado de Amanda en el aula improvisada de la mansión de los Betencor, se había hecho político. Encabezaba el grupo progresista del ala liberal y era muy estimado por todos —los suyos y sus oponentes— a causa del talante conciliador que le caracterizaba y la esmerada educación de la que hacía gala. Los rasgos de su rostro se le habían afilado, el pelo, antes ensortijado, se le había alisado. Respondía a ese prototipo que, años más tarde, el cine puso de moda: el galán seductor de intensa vida interior. Moreno y delicado. Había contraído matrimonio con la hija de un terrateniente, tenía ya un hijo, y su mujer estaba a punto de dar a luz a un nuevo ser, o quizá a dos, porque, según sostenía la comadrona, todo indicaba que aquel embarazo iba a abocar en el nacimiento de gemelos.

Aldo no había olvidado a Amanda. Tras la lectura del artículo dedicado a *La educación de las niñas* una suave sonrisa apareció en su rostro aceitunado. El amor que había sentido por la maestra revivió en su corazón.

«Ha triunfado», se dijo. «Ha seguido su camino porque la verdad habita en ella.»

Resolvió seguir de cerca los pasos de la maestra, y ver si, en determinados momentos, él podía servirle de ayuda, ya que se había convertido en un hombre importante. Aldo tenía gran amistad con Celedonio Montes, que vivía en la capital y que era un hombre muy bien informado. Se movía en diferentes círculos políticos y sociales y conocía a los periodistas más influyentes. Aldo pidió a su amigo que hiciera las pesquisas pertinentes. Celedonio no tardó en ponerse manos a la obra. Esa clase de encargos le entusiasmaba. Hacer favores le producía una gran satisfacción. Le gustaba sentirse útil. Si desde su posición privilegiada podía ayudar a sus conocidos, lo hacía sin dudar. Se sentía heredero del espíritu ilustrado. Y, como no estaba exento de vanidad, aquellos encargos le brindaban, además, la oportunidad de probar y de exhibir sus méritos.

Localizar a Amanda Tello no resultó difícil. El director de *El Liberal,* el periódico donde había aparecido el artículo sobre la maestra, conocía bien al joven periodista que lo firmaba. Era protegido suyo. Lo llamó a su despacho y le pidió que recabara datos sobre las circunstancias de la vida de Amanda Tello. El joven periodista, que utilizaba el sobrenombre de Merlín, y que, como tantos jóvenes aprendices, estaba deseoso de demostrar su valía, se puso a ello. En consecuencia, en muy pocos días, Aldo sabía dónde, cómo y con quién vivía su nunca olvidada maestra.

Cuando, en otoño, Aldo tuvo que viajar a la capital para asistir a una reunión en la sede de su partido, quedó citado con Merlín en una taberna cercana. Se hicieron amigos en el acto. Acabaron el día de madrugada, tras realizar juntos un largo itinerario por otros bares y tabernas. Para no resbalarse por las calles adoquinadas, regadas por una lluvia persistente, enlazaron sus brazos, sosteniéndose mutuamente.

Merlín, desde aquella noche de ropa empapada, litros de cerveza, de vino, de lo que fuera, resbalones y promesas de eterna amistad, mantuvo a Aldo informado de las vicisitudes y los problemas que jalonaban la vida de Amanda Tello. Aldo examinaba los asuntos despacio y, tras mover los hilos pertinentes, los solucionaba a distancia, en general con la ayuda del siempre solícito Celedonio Montes.

Amanda vivía en una modesta pero amplia vivienda, provista de jardín, situada en un barrio periférico que participaba de los rasgos del campo y de la ciudad. La población, medio obrera, medio campesina, aunque al principio había mirado con desconfianza a la maestra, había acabado por tenerla en gran estima.

A veces, Amanda se maravillaba de la facilidad con que se resolvían sus problemas. La reparación de las goteras, humedades y otras deficiencias y fallos del edificio donde tenían lugar las clases se hacía con prontitud, impresionante eficacia y a un precio asombrosamente bajo. El fontanero, el electricista, el deshollinador o el jardinero aparecían nada más declararse la avería, casi en el mismo momento en que eran llamados. Tenía suerte, se decía. Los vecinos solían quejarse de este tipo de cosas. Amanda se decía que muchas veces la gente se queja de vicio. Ella trataba bien a los operarios, les ofrecía de beber y de comer. No le importaba si encendían un cigarrillo. Los dejaba solos, a su aire. Quizá esas personas que tanto protestaban eran muy desconfiadas o muy tacañas o, por encima de todo, arrogantes. En todo caso, ella tenía suerte. Puede que esa clase de suerte, se decía, viniera a compensarla de otra clase de suerte que sí le fallaba. Pero de eso nadie sabía nada. Era algo que Amanda mantenía en secreto. Sus pasiones.

Resulta imposible hacer una crónica veraz de esta parte secreta de la vida de Amanda. Finalmente, todo son conjeturas. Amanda no dejó nada escrito, no recurrió a cómplice alguno, no buscó desahogo en fieles confidentes. Sin embargo, cualquier persona mínimamente observadora podía llegar, tarde o temprano, a la misma conclusión. Amanda escondía algo. No era raro que llegara tarde a las citas, o que paseara por terrenos en los que nadie solía adentrarse, o que fuera vista fugazmente en una ciudad vecina. Y sus vestidos, ¿de dónde los sacaba? Estaban confeccionados en telas muy hermosas. Eran de corte sencillo y los cosía ella, eso lo sabían todos, pero aquellas telas no se encontraban en los comercios de la villa. En la casa de Amanda, había también algunos objetos que quizá no fueran valiosos, era difícil saberlo, pero que lo parecían. Un jarrón de porcelana china, una fuente de cobre con bellos grabados, un perchero tallado en madera de un extraordinario color cereza. Por no hablar de los manteles, las sábanas y las toallas, de esa blancura mate más propia del reino de la naturaleza que de las obras humanas, y de un tacto tan suave que la piel se sentía atraída por ellos, los dedos acariciaban el mantel, las manos se quedaban apresadas en la magia de las toallas, el cuerpo se fundía con las sábanas,

¡ay, quién pudiera tener unas sábanas así! Habían estado siempre ahí, decía Priscila, la joven que Amanda tenía a su servicio. Al servicio de la casa, más bien. Porque Amanda no requería una atención personal.

Priscila veneraba a su señora —le daba ese tratamiento para sus adentros— y respetaba el espacio y el silencio que Amanda imponía en la convivencia. Cocinaba, siguiendo las directrices que le daba la maestra, mantenía la casa limpia y ordenada, lavaba y planchaba la ropa y, en su tiempo libre, salía de paseo por la villa y se reunía con los dos o tres pretendientes que siempre andaban a su alrededor. En verano, iban al río a refrescarse, como mínimo, los pies. En invierno, a la caldeada sala de baile que, a dos manzanas de la iglesia parroquial, se había abierto hacía media docena de años, cuando el partido liberal ganó las elecciones.

Algunas veces, Amanda acogía en su casa a una joven con problemas, siempre por poco tiempo, hasta que la situación estaba encauzada. Eran jóvenes venidas de pueblos cercanos, de otros barrios o de otras ciudades, en general huyendo de algo y sintiéndose avergonzadas o culpables de actos que la sociedad censuraba o que ellas, tímidas e inexpertas, consideraban reprobables. Amanda había mandado adecentar para ellas la «casita de los carros» —así la llamaban—, que la mayor parte del tiempo estaba desocupada y que, con las escasas excepciones de las efímeras inquilinas, seguía sirviendo a su objetivo original: guardar el carro, las carretas, las carretillas y los instrumentos de labranza. ¿Eran, quizá, esas jóvenes quienes, más tarde, habiendo alcanzado cierta posición, le enviaban a Amanda aquellos obsequios tan exquisitos? Si era así, Priscila no lo sabía. Quizá eso había sucedido antes de que ella llegara a la casa, hacía, por lo menos, más de cinco años.

De aquella parte de la vida de Amanda, de la que nadie tenía pruebas, Merlín no le informaba a Aldo. ¿Para qué?

Eran rumores. Aldo podía mantener sin mácula la imagen de su maestra como ejemplo del más puro de los amores platónicos. La maestra seguía siendo para él un faro cuya luz se abría paso en la oscuridad para orientar a los barcos de toda índole que navegaban por los mares. Más aún, a los marineros perdidos o desconcertados. Porque Aldo, que aparentemente llevaba una vida impecable, se sabía confuso e insatisfecho. No era tan inteligente ni tan sensible como había creído ser durante la adolescencia. Algo en su vida se había quebrado o estancado. En la vida de su maestra, no. Por eso tenía que ayudarla.

Pero las ayudas que Amanda recibía de Aldo eran tan indirectas y venían tan bien envueltas que a la maestra nunca se le ocurrió pensar que un ángel de la guarda velara por ella. Por lo demás, los poderes de Aldo no eran sobrenaturales, y en la vida de la maestra no dejaban de producirse conflictos. Unos se resolvían –gracias a la influencia de Aldo– y otros no. Amanda se bandeaba. Las personas que hacen cosas distintas de las que hacen los demás suelen tener problemas, se decía tratando de hacer acopio de paciencia. Tampoco se le pide a una mujer que se dedique por su cuenta y riesgo a la enseñanza. Ni siquiera se pide eso a los hombres, ¿cuántos de ellos lo hacen? Para empezar, había que reunir una serie de circunstancias muy favorables. Amanda no era rica por su casa, no estaba en posesión de un título nobiliario. Se había labrado una posición por sus propios medios. La lucha merecía la pena, pero era así como concebía la maestra su tarea educativa, como una lucha. Las pequeñas derrotas son inevitables. Sobreponerse a ellas refuerza el ánimo.

Tras el nacimiento de los gemelos, los viajes de Aldo a la capital se hicieron más frecuentes. Le abrumaba la vida familiar, en la que predominaban los llantos de los niños, las quejas de su mujer y la incompetencia de las criadas, que nunca hacían las cosas correctamente y que desoían todas las órdenes que se les daban.

¿De dónde sacaba Otilia esas mujeres tan obtusas y testarudas? Feas, por lo demás. Aldo estaba seguro de que eso era cosa de su suegra, omnipresente en la casa, cuya opinión sobre los hombres no los dejaba en un lugar muy distinto al de los machos más depredadores de la especie animal. No había que facilitarles la satisfacción libre y desordenada de sus voraces apetitos sexuales. En consecuencia, las mujeres del servicio debían ser feas y de ademanes torpes. En ese ambiente, no se podía vivir.

Merlín buscó para Aldo un piso céntrico en la capital. Al principio, Aldo pernoctaba en él una o dos noches, luego casi una semana. Más tarde, sus estancias duraban más de un mes. Merlín, buen conocedor de la vida nocturna de la capital y cliente habitual de los locales más pintorescos y canallas, introdujo a Aldo en el ambiente, entre festivo y sórdido, que alcanzaba su esplendor a horas avanzadas de la madrugada. Aldo no tardó mucho tiempo en convertirse en una de las más fieles criaturas de la noche y en superar al maestro en sus conocimientos y contactos. Los dos amigos, acompañados esporádicamente por Celedonio Montes, quien, en tales ocasiones, corría con los gastos y entonces la noche discurría por escenarios de más nivel, iniciaban juntos sus correrías nocturnas, pero las concluían por separado. Celedonio era el primero que se retiraba. Merlín, por lo general, remataba la farra en el lecho de una mujer. Aldo, en pequeños locales en los que se cantaba, se bailaba y se consumían sustancias ilegales. Se sentía a gusto en compañía de aquellas personas marginales para quienes la vida no merecía la pena vivirse sin la existencia recurrente de las juergas nocturnas. Las conversaciones que, en un rincón del salón, establecía con uno de los hombres o de las mujeres que acudían con regularidad al local –algunos, incluso, parecían vivir allí– le hacían sentirse, momentáneamente, un gran filósofo, un hombre extremadamente sabio. Se sentía muy por encima de la mediocridad que reinaba en el país. Todos parecían sabios en aquel local de las madrugadas. Todos rechazaban con gesto de horror la vida vivida con aburrimiento y resignación.

Cuando Aldo regresaba a Altozano y se encontraba de nuevo junto a su familia, que iba aumentando con los años –lo que hacía feliz a su esposa y garantizaba el desorden y el ruido constantes en la casa–, se transformaba en alguien completamente distinto. Era todo seriedad. Acudía a su despacho en el Ayuntamiento y cumplía puntualmente con sus obligaciones. De vuelta en el hogar, se encerraba en su cuarto. A sus hijos apenas les veía. Bebía infusiones y seguía una dieta saludable. Había adelgazado, tenía profundas ojeras, las manos le temblaban un poco. Era un ser ajeno a la vida familiar.

Otilia, su mujer, no le hacía ningún reproche. Si no quería hablar, que no hablara. Habían fundado juntos una familia numerosa. Tarde o temprano, llegaría la vejez. Es en ese momento cuando la importancia de la familia alcanza su punto álgido. Lo había aprendido de sus padres y de sus abuelos, gente de campo, todos. ¿Quién, en una fría noche de invierno, no recuerda con cierta nostalgia, junto al fuego del hogar, los lejanos días de la felicidad conyugal, por breves y escasos que hayan sido? Los cabellos blancos acabarán por cubrir la cabeza, las manos se han hecho anchas y nudosas, las venas han subido a la superficie, como senderos alzados en la tierra seca. Los hijos y los nietos son sombras que vienen y van, pero tú has cumplido con tu deber.

Otilia supervisaba las labores de la casa, revolvía las ollas con las cucharas de palo, colocaba los saquitos de lavanda en los armarios, se sentaba bajo el castaño antes de que el aire se enfriara y leía los libros que su esposo le traía de la capital. Leyó *La educación de las niñas.* Estaba de acuerdo, desde luego.

Aldo había permanecido en la villa durante todo el verano. En cuanto puso los pies en el pavimento de la gran estación de ferrocarril de la capital, sintió que el aire le llenaba los pulmones y le insuflaba un espíritu que parecía provenir de un mundo futuro. Aspiraba el olor del carbón que alimentaba las máquinas, del hierro engrasado, de los perfumes rancios que dejaban a su paso los viajeros apresurados y que no denotaban cansancio ni fatiga sino actividad. Y algo más, el olor de los adioses y de los encuentros, el presentimiento de las prácticamente infinitas posibilidades de la vida, casi olvidadas después del largo verano en la casa familiar.

Contrató a un mozo para que le llevara el equipaje a su piso, y decidió realizar el camino andando, recalando en tabernas y bares, sin apenas bullicio a esas horas de la tarde. Las farolas se encenderían de un momento a otro. El verano languidecía, como la tarde, mientras Aldo sentía crecer en su interior la llamada de la felicidad. Perderse entre sus semejantes, eso era la felicidad. Fundirse con ellos. Ser ellos.

Cuando llegó a su piso, la criada que lo atendía le sirvió una cena frugal. Merlín llegó poco después. Comunicó a Aldo que, antes de iniciar el clásico itinerario, había que ir a un barrio de dudosa reputación a recoger determinada sustancia que, según le habían informado, era de categoría superior, lo que sin duda haría de aquella una noche inolvidable.

—Es una ocasión única –le dijo a Aldo–. Has llegado en buen momento. El verano ha sido de una sequía espantosa. Hubo una gran redada y se produjeron varias detenciones. Dos de nuestros proveedores se han esfumado. Pero una fuente de toda confianza me ha dado un soplo que, si responde a lo que promete, nos puede resolver el otoño.

—¿El otoño?, ¿de qué me estás hablando?, ¿es que se trata de un cargamento? —dijo, medio en broma, Aldo.

—Pues sí. Al tipo que lo tenía en su poder le ha dado un ataque al corazón y está en el hospital. Tiene dos hijas, que no saben nada de nada. El caso es que el hombre nunca había hecho nada así y le ha pedido a un sobrino que nos dé la llave de la casa y que la dejemos más limpia que los chorros del oro.

—¿Qué clase de relaciones tienes?, ¿en qué andas metido, Merlín?

—Cosas mías, Aldo. Pero créeme, amigo mío, todo esto ha sido fruto de la casualidad. No corremos ningún peligro. Si no quieres venir conmigo a limpiar el piso del tipo ese, iré solo.

—Por nada del mundo renunciaría a experimentar esa emoción —dijo Aldo—. Durante los últimos tres meses, he estado muerto. Ya está bien de cuidados y cautelas. No voy a dejarte ir solo.

—De acuerdo. En estos asuntos, es mejor ser dos. Y, pasado el tiempo, tendremos un buen motivo de conversación.

Al filo de la medianoche, los dos amigos salieron a la calle y se subieron a un coche de caballos. En aquellos tiempos en que el humo oscuro de las locomotoras se elevaba por el aire y dejaba a su paso en el cielo una larga nube cargada de diminutas partículas de carbón, los coches de caballos aún recorrían las calles de las ciudades. Durante el día, las compartían, con cierta condescendencia y no poco recelo, con algunos ejemplares de aquel absurdo vehículo nuevo, el automóvil, pero la noche era su reino absoluto. La luna, a punto de alcanzar su plenitud, brillaba en el cielo, acompañada de incontables estrellas.

El barrio al que los dos amigos se dirigían se encontraba en las afueras de la ciudad. Casas de reciente construcción convivían con viejas y decrépitas viviendas. La iluminación era muy deficiente, pero la luna se encargaba de clarear la noche. El cochero los dejó en un pequeño descampado del que partía la calle que buscaban. Los cascos de los caballos retumbaban en el aire. La puerta del edificio no estaba cerrada con llave. Subieron al piso. Merlín encajó la llave en la cerradura, que cedió con asombrosa suavidad.

Todo fue sumamente fácil. Tal como habían indicado los informantes, la droga se encontraba en el hueco de una pequeña y alta ventana del cuarto de baño, que, de no acudir a la ayuda de una escalera, resultaba invisible. El alijo había sido dispuesto de forma que, en caso de ser empujado desde dentro, cayera al patio. Quizá como medida de precaución. En el patio comunal, la droga ya no tenía dueños. No se podría acusar a nadie.

—¿Qué vamos a hacer con todo esto? —preguntó Aldo.

—No te preocupes por eso —dijo Merlín—. Conozco a un experto cortador de nieve. Regresemos al centro cuanto antes. Este barrio es de mal agüero.

—Un experto cortador de nieve —musitó Aldo, admirado de los recursos de su amigo.

Anduvieron un trecho en busca de un coche de caballos que aún circulara por las calles a la débil luz de las farolas en busca de pasajeros nocturnos.

—Ya ha pasado todo peligro —susurró Merlín, en cuanto dieron con el coche.

A lo largo del trayecto, mientras se dirigían al centro de la ciudad, decía reiteradamente: «La situación está bajo control.»

Pero Aldo no había sentido en ningún momento la proximidad del peligro.

Tras descender del coche, los dos amigos entraron en

un local de extrañas características, a mitad de camino de una casa y de un bar. Las escasas bombillas que colgaban, desnudas, del techo arrojaban una luz del color del ámbar. Aldo se sentó a una de las mesas, ante una jarra de cerveza salida de no se sabía dónde, y Merlín desapareció tras una cortina de abalorios. Ya no hacían falta las explicaciones. Aldo estaba donde quería estar, en un punto indeterminado de una noche inacabable. Poco después, probó la nieve recién cortada. El tiempo debiera detenerse aquí, se dijo.

Tardó un poco en darse cuenta de que las otras mesas del local, antes vacías, estaban ocupadas. Todos pertenecían al mismo bando, aunque no se hablaran. Se miraban unos a otros como si se hubieran mirado cientos de veces, como si todos conocieran los nombres de todos y no necesitaran pronunciarlos.

Se abrió la puerta de la calle y entró una figura encapuchada que se dirigió directamente, sin mirar hacia los lados, hacia la cortina de abalorios tras la que, hacía un rato –lo mismo podían ser minutos que horas–, había desaparecido Merlín. Una figura grácil, elegante. Una mujer, sin duda, se dijo Aldo. Aspiró la leve fragancia que había dejado a su paso, un olor muy sutil que penetró en su cerebro y lo llenó de vagas y placenteras sensaciones.

Se quedó mirando hacia la cortina, a la espera de la nueva aparición de la mujer.

Pasados unos minutos, la cortina se abrió. Unos ojos oscuros se posaron un instante en los suyos. El rostro de la mujer encapuchada, que pudo ver fugazmente, se abrió paso entre las difusas sensaciones que vagaban por su cabeza. Esa mujer era Amanda, sintió de pronto. La fragancia que había dejado tras de sí era una parte inconfundible de ella. Ya estaba muy cerca de la puerta. Aldo la vio salir del local, inmovilizado, desesperado por la repentina parálisis que le había impedido levantarse y hablarle.

Más tarde, se lo preguntó a Merlín, quien, con desgana, confirmó la identidad de la dama. Sí, se habían hecho amigos. Sí, le proporcionaba droga de vez en cuando. No de forma regular. Amanda no era adicta, no se relacionaba con traficantes. Acudía a Merlín en casos excepcionales. ¿Qué casos?, quiso saber Aldo. Merlín se encogió de hombros.

—Sus pasiones —dijo luego sucintamente.

Aldo odió a Merlín con todas sus fuerzas. Se sentía traicionado. No le encontraba sentido a aquel ocultamiento. Cortó toda relación con el periodista y contrató a un detective, un tal Pedro Fraguas. La información tardó en llegar, porque, en apariencia, la vida de Amanda era intachable. Pero al cabo de varios meses Fraguas le presentó a Aldo un abultado informe sobre la vida oculta de la maestra. Fraguas era un hombre imaginativo y solía acompañar sus informes de una teoría sobre el caso. El de Amanda le interesó de forma especial. Los folios dedicados al comentario de los datos obtenidos superaban con creces los de los mismos datos.

Aldo sacó en limpio dos o tres cosas. Primero, que Amanda tenía, de forma esporádica, encuentros amorosos. Segundo, que la persona con la que se citaba era, la mayoría de las veces, un hombre siempre distinto. Tercero, que Amanda acudía a esos encuentros provista de cierta cantidad de droga. La dosis correspondiente a una noche de disipación.

Los comentarios y especulaciones del detective incitaron a Aldo a elaborar sus propias teorías. No estaba nada claro el lugar de procedencia de los sucesivos y fugaces amantes de la maestra. ¿Dónde los conocía? Podían pertenecer a la vasta gama de oficios relacionados con el mantenimiento de edificios y jardines. Podían estar emparentados con sus alumnas. Amanda no era una ermitaña. Hombres había por todas partes. En cuanto al lugar de los encuentros, era de lo más variado. Casi siempre, lejos del hogar. Amanda acudía a las citas en esa franja horaria en que las personas se hacen casi invisibles, el atardecer. La vista, a esas horas, está fatigada, no enfoca bien, unas personas se confunden con otras, los colores se desvanecen. De mirar hacia alguna parte, los ojos se dirigen hacia el horizonte. Allí es donde se ha refugiado el espectáculo, el diario descenso del sol, que resbala lentamente sobre el cielo y de golpe desaparece.

Según decía Fraguas, Amanda salía de casa, disfrazada, por la puerta de atrás. Aldo ponía en duda lo del disfraz. La maestra, que él recordara, siempre había utilizado chales y mantones. Siempre había tenido aquella rara cualidad, la de parecer invisible. Cuando se subía a la tarima, resplandecía, pero mientras se dirigía, finalizada la clase, hacia el zaguán, se convertía en una persona perfectamente anónima. Algunas veces, cuando había sido su alumno, Aldo se había cruzado con ella por la calle y había dudado, ¿era ella?, ¿era ese su andar?, ¿eran esos sus gestos de siempre? En la calle, nada diferenciaba a la maestra de las demás mujeres.

En cuanto a los hombres con quienes Amanda se encontraba, no podía establecerse un patrón, más allá de que fueran todos más o menos jóvenes y más o menos apuestos. De algunos, Fraguas pudo averiguar la profesión e incluso el nombre, lo que le llevó a establecer hipótesis bastante verosímiles sobre las circunstancias del primer encuentro. De otros, nada. Estos hombres eran forasteros, gente de paso.

¿Cómo encajaban esos hechos en la idea de amor platónico que Aldo había admirado siendo alumno de Amanda? Si era cierto lo que decían los informes de Fraguas, Amanda había caído en la abyección. Había hecho trizas el modelo de amor ideal. Sin embargo, se dijo, esas citas secretas no ponían en cuestión la excelencia del modelo. Eran citas secretas y mantenían a salvo de las miradas ajenas su carácter de indignidad, la conciencia de la ignominia. Aun careciendo de espíritu religioso, para Aldo Amanda era una especie de santa. Pero había oído decir que algunos santos habían sido grandes pecadores. ¿Qué sabemos de las vidas de los santos? Solo hechos externos, sus devociones, milagros y martirios.

¿De dónde habían salido las fuerzas para practicar las virtudes que habían causado tanto asombro? ¿En qué pozos de dolor se habían sumergido y habían estado a punto de ahogarse? ¿Qué impulso los había llevado a hacer de sus vidas un continuo acto de heroísmo? ¿De qué horror huían? ¿Qué realidad rechazaban? La causa a la que Amanda había dedicado su vida la convertía en una persona excepcional. ¿A quién le importan los defectos, los pequeños vicios privados? Amanda hacía el bien, eso estaba fuera de toda duda. De eso daba fe, entre otras cosas, aquel libro que se había hecho tan famoso, *La educación de las niñas,* y que servía de guía a muchas madres de familias, entre ellas, a Otilia, la propia mujer de Aldo, quien, antes de conciliar el sueño, leía todas las noches un par de páginas del manual, que había hecho encuadernar en piel de cabritilla y que se encontraba siempre sobre su mesilla de noche.

Los hijos de Aldo Pastrana crecían. Cuando Magdalena, la mayor, cumplió quince años, su madre quiso celebrar una fiesta. Quería poner en el conocimiento de la gente las virtudes de la joven. Aunque era teóricamente partidaria de la independencia de la mujer y había tratado de inculcar a sus hijas los principios expuestos con tanta convicción en el libro que tenía siempre sobre su mesilla de noche, el anhelo de Otilia era casar a sus hijas con un próspero comerciante, alguien que tuviera casa en la capital. No quería para ellas la vida provinciana que le había tocado vivir, marcada por las continuas ausencias de su marido y las responsabilidades domésticas. Lo había soportado con entereza, como toda mujer que ha sido criada en el campo, pero aspiraba a que tanto sus hijos como sus hijas disfrutaran de las comodidades y ventajas que proporciona vivir en una gran ciudad. Sus hijos se las arreglarían. Para sus hijas, las cosas eran más difíciles. Lo mejor era buscarles buenos partidos entre las nuevas y prósperas fortunas de la zona.

La fiesta se celebró a mediados de agosto. Según Otilia, era el momento más apropiado. Cuando el verano alcanza su plenitud y el calor parece haber vencido, para siempre, al frío. La estación ha alcanzado su clímax, como dice la gente que presume de culta. Lo que pase después no importa. Los días han ido encaminándose hacia este eterno tiempo de espera, de abandono. No hay mucha tarea por hacer. El campo está como nosotros: cansado. Y, a la vez, alegre. Los arroyos y los pájaros cantan. Los niños juegan, gritan. Ni siquiera cuando lloran nos molestan. Las normas se han hecho borrosas. Nadie las necesita del todo. El tiempo discurre de otra manera, los objetivos se han desdibujado. De pronto, se extiende el rumor de que va a celebrarse una fiesta, y todos dicen que eso era lo que estaban esperando, precisamente eso, una gran fiesta.

La casa de los Pastrana ya no se parecía mucho a la original. La primera construcción, pequeña y endeble, había sido reemplazada y vuelto a reemplazar. En el momento en que se celebró la fiesta del decimoquinto cumpleaños de Magdalena, era una bonita casa de campo que recordaba un poco a los palacios italianos, el modelo que Otilia había seguido vagamente cuando se había ocupado de las obras de remodelación. Era la herencia que le habían dejado sus padres. Se encontraba en las afueras de la villa, junto al río. La familia se trasladaba a ella —solo había que cubrir un par de kilómetros— para pasar los largos meses del verano.

En aquel escenario que remitía a un pasado vivido en otro lugar y que resultaba algo irreal, a lo que contribuía la profusión de adornos florales que Otilia había mandado distribuir por todas partes, tuvo lugar la presentación en sociedad de la joven Magdalena. Tal como suele suceder en estas ocasiones, la debutante estaba muy bella. Era el centro de atención de todas las miradas, algo completamente nuevo para ella. Experimentaba una sensación de maravillosa embriaguez.

Aldo, mientras contemplaba a su hija, se sintió súbitamente viejo. Todas las emociones que la vida podía ofrecer se enfocaban en Magdalena. Él había sido excluido para siempre de ese mundo de sublimes intensidades. Era el relevo que imponía la vida. Otilia, su mujer, no parecía darse cuenta. Quizá eso no le preocupara en absoluto. Iba de un lado para otro, atendiendo a los invitados, multiplicándose, exhibiendo amabilidad y satisfacción. ¿Era el mundo de las mujeres menos discontinuo que el de los hombres? ¡Qué pensamiento más absurdo! Aldo sacudió la cabeza hacia los lados, como para sacarse de sí una idea tan peregrina. No, él no se había quedado fuera de la vida, todavía no.

Magdalena daba vueltas en el centro de la pista de baile. Su rostro resplandecía. El brazo de un joven rodeaba su cintura y llevaba a la debutante, como en volandas, de aquí para allá. Era la noche del 15 de agosto, que no coincide con equinoccio alguno, que es mágica en sí misma porque lo deciden personas como Otilia. Aquella noche, para la mujer de Aldo, era el punto de partida de la vida adulta de su hija.

Aldo sintió un escalofrío, ¿y si Magdalena no llegara nunca a alcanzar esa vida perfecta que Otilia había soñado para ella? Una oleada de compasión hacia su hija traspasó a Aldo. La vida adulta no era perfecta y, en demasiadas ocasiones, nada luminosa. Se encaminó hacia la casa, se sentía incapaz de participar en la fiesta. Bella, la perra labradora que andaba siempre merodeando por ahí, con la esperanza de que alguien la dejara pasar al interior, su territorio predilecto, se le acercó con un ligero trote, el que su edad, que ya empezaba a pasarle tributo, le permitía. Otilia solo le permitía entrar cuando iba acompañada de Aldo, de uno cualquiera de sus hijos o de uno de los criados, el único que sabía controlar el ímpetu de la poderosa cola de la perra y que la conducía con cierta pericia entre los numerosos muebles y objetos que llenaban la casa y que corrían serio riesgo de ser abatidos o de acusar, a su paso, irreparables daños.

Bella, que era una perra tozuda y poco aficionada a obedecer, parecía haber entendido perfectamente la prohibición de entrar sola en la casa, y aunque también parecía conocer los peligros que representaban los potentes movimientos de su cola, incidía en ellos, tal era su alegría al pisar el suelo de la vivienda. Pero, al fin, sorteando obstáculos, la perra y su dueño llegaron a la habitación de Aldo, que tenía un carácter completamente distinto al resto de las habitaciones.

Consciente de los gustos de su marido, Otilia había reprimido su impulso enfermizo de llenar y poblar todo posible hueco en los aposentos de Aldo. Había sido el mismo Aldo quien había elegido al mesa, de estilo rústico, que le servía de escritorio, y el algo desvencijado y deslucido sillón, que Otilia hubiera querido sacar de allí o, al menos, volver a tapizar. A Aldo le gustaba la casa que había pertenecido a sus suegros porque estaba recorrida por los olores del campo y porque, a pesar del empeño de su mujer por que evocara una de esas villas palaciegas que salpican la Toscana, aún quedaban en ella, diseminados, detalles de su vida anterior. La sencillez, la falta de pretensiones y la rutina, inseparablemente unida a los ciclos de la tierra y del cielo, que habían presidido esa vida aún se palpaban en ciertos muebles y utensilios que, ya en desuso, se habían convertido en objetos de decoración. Aldo se decía que si en lugar de dedicarse a la política hubiera decidido hacerse agricultor, como las personas que habían vivido en la casa antes que él, no se habría llenado la cabeza de tantas e inservibles ideas sobre la forma en que deben regirse los destinos humanos. Embargado por la melancolía, se dijo que la política, que había sido su prioridad, era una entelequia.

Asomado a la ventana, creyó divisar, en la pista de baile, la silueta de su hija mayor, envuelta en el abrazo de un joven bailarín –el mismo de antes, o quizá uno distinto–, moviéndose grácil por el suelo de mármol. Bendita seas, hija mía, musitó.

Quién sabe por qué, la imagen de Amanda, su antigua maestra, surgió de pronto en su cabeza, muy nítida, entre nubes de sensaciones confusas.

Llegaron noticias de revueltas y luchas callejeras en la capital. En el partido de Aldo se produjo una escisión. Un grupo de extremistas apoyaba la agitación, que solía acabar en actos vandálicos, hogueras, barricadas, cristales rotos, hierros retorcidos, ruedas perdidas, manifestantes exaltados y policías heridos. No era el momento de viajar, pero Aldo conocía bien a algunos de los extremistas, grandes amigos suyos en el pasado, y confiaba en ser escuchado por ellos.

En la ciudad, se reunió con otros dirigentes. Había que detener cuanto antes aquel brote de violencia. Cuando la ola se desata, no hay ser humano capaz de detenerla. La gente, entonces, echa mano de las armas y da rienda suelta a su ira y a su miedo. Se tarda mucho tiempo, ya finalizada la batalla, en recuperar la paz perdida. Pero hay momentos en que los ojos se vuelven ciegos y la razón se bate en retirada, resignada, falta de fuerzas, dolorida, impotente. Es en esos momentos cuando más necesarios se hacen el uso y la difusión de las palabras templadas y sensatas.

Las revueltas se habían iniciado por un problema en el abastecimiento de carbón. Tras satisfacer las demandas de los ferrocarriles y de los edificios destinados al gobierno y a la administración, la empresa encargada, que dependía del Estado, no pudo atender debidamente las necesidades de los particulares. Tampoco los espacios de uso público, como fábricas, hospitales, universidades, colegios, teatros, salas de atracciones y de baile, restaurantes y otros lugares de reunión y esparcimiento social, pudieron encender sus calderas. Quizá para entrar en calor, los obreros salieron a la calle. Fueron, de inmediato, jaleados por los estudiantes. A todos ellos se unió —sobre todo, de forma teórica— el pequeño grupo radical del partido reformista, que desde hacía tiempo había mostrado su desacuerdo con las líneas generales del partido, de las que Aldo, junto a su viejo amigo Celedonio Montes, esporádico acompañante de las farras nocturnas del pasado, era uno de los más destacados responsables.

Llegó la noche aciaga de la gran represión. Las hogueras crepitaban bajo una lluvia fina. Luego vinieron los truenos. Las hogueras se apagaron y el cielo fue atravesado por incesantes fuegos, relámpagos que partían el aire como si fuera un inmenso espejo que se hubiera estrellado contra una superficie invisible. Obreros y estudiantes, hombres y mujeres de distintas edades y condiciones, lanzaban gritos contra un ejército de policías y militares que tenían instrucciones de despejar, como fuera, las calles antes de la madrugada.

Desde el interior de las casas, que parecían cerradas a cal y canto, la gente contemplaba el espectáculo desde las rendijas de las contraventanas o agazapada en los balcones. Las luchas callejeras resultan fascinantes. En el mismo escenario donde se desarrolla la vida cotidiana, tantas veces monótona y aburrida, tiene lugar la lucha cuerpo a cuerpo. Los rebeldes y los representantes del orden se enfrentan como si ese fuera su auténtico destino. La noche les ampara. La noche es de los borrachos y de los pendencieros.

Aldo, refugiado en su cuarto, miraba hacia la calle desde una rendija de la contraventana. ¿Quiénes eran sus enemigos? Tenía amigos y conocidos en los dos bandos. Antes de la llegada de aquella noche que se anunciaba trágica, había hablado con unos y con otros en busca de puntos de concordia. Al principio, todos se habían mostrado dispuestos al diálogo pero, al cabo, habían vuelto a sus puntos de partida y se revelaban incapaces de conceder la más pequeña parte de razón a las demandas o presupuestos contrarios. Allá abajo, en la calle, estaba el resultado de aquellos principios inflexibles. Quizá ellos, los dirigentes, seguían dictaminando, a solas o en grupo, sentados en sillones, desde sus casas, pero la gente que se había movilizado en nombre de las causas que ellos predicaban había salido a la calle y estaba dispuesta a morir o a matar.

¡Qué pensamientos tan oscuros invadían la mente de Aldo! ¿Adónde había ido a parar el impulso optimista que había animado su juventud? Pasó la noche junto a la ventana, atento a los ruidos del exterior, espiando a través de la rendija atisbos de sombras y movimientos. Los ruidos y las sombras fueron haciéndose más esporádicos y difusos. Al amanecer, el silencio era casi absoluto. Solo era interrumpido por débiles gemidos y ecos que parecían venir de muy lejos.

Aldo, embozado en una capa, salió a la calle. Los restos de las refriegas seguían allí, como vestigios de una batalla sin sobrevivientes.

¿Tropezaría su mirada con algún muerto? Era mejor no

mirar demasiado hacia los bultos desmadejados que yacían entre ladrillos, hierros, vigas rotas y cenizas. No prestar atención a los lamentos que no se sabía bien de dónde salían y que se reproducían en su interior. Quizá eran fruto de su imaginación. Los adoquines estaban embarrados y se movían un poco, desajustados. Había que dar los pasos con cautela. Aldo hubiera querido salir corriendo de aquel escenario de pesadilla, pero la amenaza de caer y fundirse con todo lo que se había derrumbado a su alrededor le obligaba a andar despacio, a huir de allí con desesperante lentitud. Eso sucede, a menudo, en los sueños. En ellos, la extraña figura que nos representa, y que tiene un parentesco grotesco pero evidente con nosotros, apenas puede moverse. A veces, ni siquiera puede hablar. Y nos movemos y gritamos y nos esforzamos por abandonar el sueño, por volver a una realidad en la que nuestros músculos y capacidades no hayan perdido su fuerza, su mera existencia. Pero algo le decía a Aldo que no estaba dentro de un sueño, por muy fantasmagórico que fuera el escenario en el que se estaba moviendo. No debía rebelarse contra esas imposiciones. Tenía que andar despacio, con infinita precaución. Saldría de allí. Ese horror quedaría atrás.

Poco a poco, las calles y las plazas se mostraban más despejadas. Los disturbios no habían llegado a esa parte de la ciudad. ¿Dónde se encontraba?, ¿no era ese el barrio donde, según sabía por lo que Pedro Fraguas, en su día, le había dicho, estaba emplazada la escuela de Amanda Tello, su antigua maestra? Aunque nunca había estado allí, estaba seguro de que ese era el lugar. La pequeña plaza arbolada a la que sus pasos le habían llevado coincidía con la descripción que le había hecho, hacía años, Fraguas, y que se le había quedado grabada en la cabeza, como si la hubiera conocido desde siempre. Y el edificio de dos plantas que tenía enfrente, de ladrillo, era la escuela, sin duda. Detrás de la verja, un estrecho jardín recorría la fachada. Los ojos de Aldo, muy fatigados, no podían descifrar lo que decía la placa adherida a la puerta. Pero hacía falta leer aquellas palabras para saber lo que anunciaban. La huella de Amanda se percibía en todo. Aunque los huecos de las ventanas estaban ocupados por las contraventanas y no se podía ver el interior, Aldo imaginó el edificio con todas sus ventanas abiertas, lleno de luz. A ambos lados de las escaleras que conducían a la puerta, al pie de unos árboles de hoja perenne, había bancos que invitaban a sentarse y que sugerían una protección segura contra el sol del verano, la lluvia fina del otoño y todos los rigores de la vida.

Una voz sonó a sus espaldas:

—Está usted delante de la Escuela de Amanda Tello.

Aldo se volvió. El tono de orgullo con que la frase había sido pronunciada le causó un pequeño estremecimiento. Un hombre de edad indefinida, envuelto en un capote gris y cubierto con un viejo sombrero, lo miraba, mientras señalaba con una mano algo temblorosa la casa.

—¿Vive ella aquí?

—Sí, pero la parte de la vivienda queda detrás. Por aquí se accede a la escuela. Pero, si es que ha venido a ver a la maestra, no la encontrará. Se ha marchado. Lo he visto con mis propios ojos. Ha cerrado las puertas y las ventanas y ha echado el candado, ya lo ve. Se ha marchado, por mucho que nos pese.

—¿Sabe adónde? La casualidad me ha traído hasta aquí en esta noche aciaga, ¿cómo puedo perder la oportunidad de encontrarme con ella?

El hombre negó con la cabeza.

—Una noche aciaga, sí —añadió—. Aún no conocemos la magnitud del desastre, pero todo será distinto a partir de ahora. Eso es seguro. Nos espera una época de retroceso.

—¿Por qué dice usted eso?

—No sea inocente, hombre. El gobierno está detrás de todo esto. Los extremistas han sido comprados con dinero de las arcas públicas. Ahora tiene la excusa perfecta para aplicar la ley marcial, clausurar los lugares de reunión y todo cuanto sea considerado un peligro. —La mano temblorosa del hombre del capote gris volvió a apuntar hacia el edificio de ladrillo—. Entre otras cosas, esto, la Escuela de Amanda Tello. Son enemigos del saber. Que la gente aprenda a pensar por su cuenta supone una amenaza.

Aldo se apoyó contra la verja. Estaban solos en la plaza, cubierta por el cielo blanquecino, algo grisáceo, del amanecer de un día que tenía todas las trazas de ser lluvioso.

—No se desanime, caballero —siguió el hombre—. La maestra estará bien. Es una mujer fuerte. Nadie se atreverá a tocar la escuela. Además, ¿quién va a saber que esto fue una escuela? No lo pone en ninguna parte. Ya ve que han borrado las letras de la placa.

—Creía que no podía leerlas por culpa de mis ojos. Tengo la vista cansada —musitó Aldo.

—Es usted un pesimista —observó el hombre—. Vaya con Dios —añadió, echando a andar—. Y duerma un poco. Todo se ve mejor cuando se ha dormido. Hasta Dios descansó, ¿no lo recuerda?

Aldo siguió el consejo del hombre. Alquiló un cuarto en una fonda cercana y se hundió en el sueño. Por la tarde, se reunió con sus amigos del partido. Pensaban lo mismo que el hombre con quien había hablado al punto de la mañana. Se presentía una época de regresión. Se había impuesto la reacción. El partido tendría que reelaborar su estrategia y adaptarla a los tiempos oscuros que se avecinaban.

La vida familiar de los Pastrana experimentó, con el tiempo, importantes cambios. Las hijas de Aldo se casaron con hombres ligados al campo. Vivían cerca de sus padres, a los que visitaban con frecuencia. La villa de estilo italiano en la que Aldo y Otilia pasaban la mayor parte del año se fue llenando de niños y niñas que parecían tener siempre la misma edad. Continuamente aparecían bebés que lloraban, niños que gateaban, niñas que cantaban y bailaban. Aunque el despacho de Aldo era un recinto casi sagrado, que se mantenía a salvo de la invasión infantil, se oían desde él los gritos de los niños. Cuando las nuevas familias se marchaban, la casa se hundía en el silencio. Aldo, entonces, añoraba el bullicio infantil, la vida que sus nietos insuflaban a la casa. No recordaba haber sentido lo mismo con sus hijos, de quienes se había ocupado siempre Otilia, su mujer, y el personal de servicio de la casa. Aquel alboroto permanente, que absorbía a Otilia por entero, le había resultado irritante. Se había sentido desplazado, marginado. Quizá por eso se había volcado en la política. Pero ahora la política cada vez le interesaba menos, ¿era desengaño?, ¿desilusión? Se sentía despojado de todo. Sobre todo, de fuerzas, de confianza en sus propias capacidades. No era que alguien –una o varias personas concretas– le hubiese defraudado. Era él quien había ido dando pasos hacia atrás. No de forma premeditada, sino perfectamente natural. No tenía madera de político, se daba cuenta ahora, casi en la vejez, cuando, sentado ante su mesa, contemplaba el paisaje que quedaba enmarcado por la ventana y su mirada recorría las pequeñas extensiones de color verde, los grupos de árboles y las casas medio ocultas por muros de piedra y más árboles. ¿En qué momento de su vida se encontraba?, ¿qué era lo que había variado sustancialmente y qué había permanecido?, ¿por qué se sentía tan despojado? *Ceteris paribus,* musitó. La frase latina acudió a sus labios de forma apenas consciente. Era una de las muchas frases que Amanda les había enseñado y que el joven Aldo, más tarde, solía aplicar a la vida. ¿Y ahora?, ¿qué tenía que ver aquella frase con su despacho, con el paisaje que se divisaba desde la ventana, con el sueño apacible, interrumpido de vez en cuando por sordos ronquidos, de Bella, tendida a sus pies, bajo la mesa? Esas eran sus nuevas circunstancias, que no eran nuevas sino hechas a lo largo del tiempo. ¿Qué era lo nuevo allí? El paisaje que se divisaba desde la ventana era un paisaje habitado. Aldo conocía a algunos de sus vecinos. Tenía, incluso, cierta amistad con ellos. Se veían diariamente a la caída de la tarde, en una u otra casa, y conversaban apaciblemente mientras tomaban té o licores. ¿Acaso esa vida era tan mala? Estaban las dolencias del cuerpo, la decadencia de las facultades físicas, pero de momento se podían sobrellevar. Encontraba cierto placer en quejarse, además. ¿Y si ese estar despojado era precisamente la gran circunstancia de su vida presente?

Cuando, años después, el partido progresista recuperó el poder y volvió a formar parte del gobierno, Aldo, aunque seguía en contacto con sus amigos políticos, ya no era un miembro activo del partido. Sin embargo, de vez en cuando era llamado a asistir a reuniones que se celebraban en la capital. Allí se le pedía consejo y era tratado con gran consideración.

Cada vez le daba más pereza viajar, ¿de qué le servían a él esas reuniones? Era Otilia quien le animaba a ir a la capital para romper la rutina de su vida provinciana y airearse. A su juicio, esos viajes le sentaban a Aldo muy bien. Ciertamente, por mucho que a él le costara ponerse en marcha, regresaba de los viajes de buen humor y con mejor disposición para la vida familiar, que, a fin de cuentas, ya no le resultaba tan agobiante, porque todo el mundo –su mujer, hijos, nietos y personal de servicio– respetaba sus largos ratos de aislamiento.

Quizá Otilia, se decía para sí el propio Aldo, necesitaba quitárselo de encima de vez en cuando. Aunque se consideraba a sí mismo un hombre tranquilo y bastante complaciente, ¿quién sabe?, a lo mejor no lo era tanto, a lo mejor resultaba quisquilloso e irritante en algunas ocasiones.

En cuanto ocupaba su asiento en el vagón de tren, se alegraba de haberse dejado convencer. Le gustaba ese momento de los viajes, la conciencia —sin duda egoísta— de estar en un vagón de primera clase, cuyos asientos eran mullidos y estaban tapizados de una tela oscura y suave que recordaba al terciopelo, aunque mucho más gruesa. El compartimiento quería evocar la calidez de un cuatro de estar. La luz que al anochecer irradiaban las tulipas que, en forma de flor, colgaban de los apliques creaba un espacio en el que daba cierto placer estar, un refugio inmutable ante el veloz discurrir del paisaje al otro lado de la ventanilla.

En pleno invierno, recién pasada la Navidad, Aldo recibió un mensaje de un miembro destacado del partido. Se le convocaba solemnemente porque iban a tributarle un homenaje —no solo a él, pero a muy pocos más— por su generosa entrega y la valiosa contribución que había hecho al bien general a lo largo de los años. Tras el homenaje, se presentaría el nuevo programa del partido, con la intervención de los nuevos y jóvenes miembros, personas de gran relevancia social, en quienes muy pronto, sin duda, se descargaría la responsabilidad del gobierno de la nación. El mensaje estaba redactado de forma triunfalista. Los nuevos miembros del partido eran presentados como la apuesta más segura que cabía hacer. Con ellos, se llegaría a tener la mayoría dentro del gobierno. Querían contar con las viejas glorias, se dijo Aldo. Probablemente, buscaban su beneplácito. Todo eso eran maniobras. Las conocía de sobra. Sin embargo, no podía evitar sentir cierta satisfacción al ser tratado de hombre insigne.

Un manto de nieve cubría el paisaje. La tarde empezaba a declinar. Las tulipas irradiaban una luz tenue. Los otros viajeros parecían absortos en sus asuntos. Apenas había cruzado unas palabras con ellos. Era el vagón más silencioso que le había tocado nunca en suerte. Una mujer leía un libro. Un hombre dormitaba. Un soldado escribía en una libreta. Un clérigo ojeaba un libro de oraciones mientras acariciaba las cuentas de un rosario. El azar los había reunido en aquel vagón de tren. Eran buena compañía, gente silenciosa y replegada en su propio interior.

En el andén, le esperaba el incombustible Celedonio Montes. Aldo se dijo con auténtico asombro que él parecía mucho más viejo que su amigo. Siempre se había considerado más joven, quién sabía por qué. Celedonio hablaba con voz vigorosa y gesticulaba de forma teatral. A su lado, Aldo se sintió encogido, terriblemente disminuido, una pieza que estaba fuera de lugar. Los ancianos como él no deberían salir de casa.

También había nevado en la capital. Aldo se apoyó en el fuerte brazo de Celedonio y se dejó conducir hasta el coche que les esperaba en la calzada.

—Hace solo unos años —dijo Aldo—, no necesitaba pasar por mi cuarto antes de salir al encuentro de mis amigos. Ahora, sin embargo, necesito descansar. Esto es lo que pasa ahora, llevo horas sentado y necesito descansar. Algo se ha roto dentro de mí, por mucho que los médicos digan lo contrario. Pero los médicos no saben nada más allá de lo que sabe cualquiera. En cuanto la causa del dolor o del cansancio no es evidente, sacan a relucir los nervios y la edad. Durante la juventud, eran los nervios. Ahora es la edad. Pero siguen recetando lo mismo, distracción, paseos, moderación.

—No has cambiado nada, Aldo —protestó el enérgico

Celedonio—. Tienes mejor aspecto que nunca. Me parece que en el campo sois aficionados a las lamentaciones. Tenéis mucho tiempo, eso es lo que pasa, y las enfermedades siempre han sido un buen tema de conversación. Llega un momento en la vida en que todos tenemos mucho que contar en ese aspecto. Hace meses que padezco un dolor terrible en el brazo izquierdo. He consultado a varios galenos y he probado muchos remedios, pero el dolor sigue. Podría escribir un libro describiendo este dolor, cómo se anuncia, cómo llega a su cima, cómo se diluye y adormece, cómo, aun adormecido, lo sientes y temes su regreso.

—Algo de razón tienes, amigo mío —replicó Aldo—. En el campo, el asunto de las enfermedades ocupa mucho lugar en las conversaciones. Además del tiempo, que es el asunto central. En el campo, vivimos inmersos en la naturaleza, pendientes de sus ciclos. Yo sería ahora un hombre distinto de haber envejecido en la ciudad. Pero no deja de asombrarme lo que me has dicho de ese dolor de brazo que dices padecer. Tienes un aspecto magnífico. A tu lado, yo parezco un viejo.

—¿Qué dices, amigo? No me tomes el pelo —dijo Celedonio—. Soy más viejo que tú, te lo puedo asegurar.

Mientras, poco después, Aldo descansaba en su habitación, que encontró perfectamente arreglada, se alegró de haberle dicho a Celedonio que no hacía ninguna falta que pasara más tarde a recogerle para acudir a la recepción. En aquel momento, no tenía la menor intención de asistir. Pero al cabo de un rato de reposo se sentía más descansado y, dado que no tenía ningún plan para pasar esas horas de la noche y la soledad de su cuarto le resultaba algo oprimente, decidió acercarse al palacete donde se ofrecía la recepción. No estaba muy lejos de su piso. Le convenía dar un paseo, después de pasar tantas horas en el tren. Quizá entrara, quizá no. A lo mejor se limitaba a ver desde el exterior las ventanas iluminadas, abiertas en los muros de piedra, y daba luego la espalda a la fiesta.

El frío de la noche le resultó estimulante. Estaba solo en la gran ciudad. Una ráfaga de espíritu juvenil lo recorrió. No iba a regresar tan pronto a su habitación. Quizá tomara algo en alguna taberna.

Un hombre se había detenido frente al palacete. La luz de la farola iluminó su rostro, que se volvió hacia Aldo.

—¡Julio Betencor! —exclamó Aldo, casi involuntariamente—. ¡Qué feliz encuentro! Me han llegado noticias de ti, pero, extrañamente, nunca hemos coincidido, ¿cuántos años hace que te fuiste de nuestro pueblo?

—¡No lo llames así! —se rió Betencor—. Altozano es una ciudad estupenda, no sabes cuánto la añoro, pero la vida me ha enredado de mala manera. Vienes a la fiesta, ¿verdad? Entremos juntos. Me sentiré orgulloso de entrar a tu lado. Es mucho lo que te debe el partido. Yo siempre te he admirado. En las clases que nos daba la maestra eras el primero que respondía a todas sus preguntas. A mí me gustaba sentarme a tu lado, ¿te acuerdas? Más de una vez te pedí ayuda para los deberes, y siempre me la brindaste. No puedo olvidar aquella generosidad.

»¿Cuántos años han pasado de todo eso? Desde que vendimos la casa, no he querido volver. No podría. Echo de menos aquella vida que, en el recuerdo, parece muy placentera. Algunas veces lo hablo con Amanda, nuestra maestra, te acordarás de ella, eras su alumno preferido. Todos teníamos celos de ti. Creo que habrá venido a la fiesta. En todo caso, ha sido invitada, eso seguro. Es amiga del dueño de la casa. En realidad, es su principal consejera.

La posibilidad de volver a ver a Amanda dejó a Aldo repentinamente paralizado. Desde la noche aciaga de las revueltas, en la que un hombre anónimo le había dicho que la maestra había abandonado la ciudad, no había sabido nada de ella. No había vuelto a recurrir a los servicios de Pedro Fraguas, el detective. Tampoco había vuelto a ver a Merlín. No se le había ocurrido preguntarle a Celedonio Montes por Amanda. Habían pasado muchos años. Sus vidas no habían vuelto a confluir. Todo era distinto a como había sido.

Tampoco había coincidido nunca, en todo aquel largo tiempo, con ninguno de los Betencor. Pero ahí estaba, junto a él, aquel chico Betencor que se sentaba a su lado en las clases de la maestra, un chico tímido que parecía buscar su amistad y a quien él, a decir verdad, no había hecho demasiado caso. En determinado momento, todos habían desaparecido de su vida. El señor de Betencor murió, los hijos vendieron sus propiedades y se trasladaron a la capital, donde se dedicaron a los negocios. No tenían almas campesinas. Eso era lo único que había sabido de ellos.

Ya dentro de la mansión, Aldo enseguida perdió de vista a Julio Betencor. Deambuló por el salón, intercambiando saludos con viejos conocidos y paseando una mirada desinteresada por los desconocidos, que eran los más. Las recepciones son así, deambular como si buscaras algo y, fuera de eso, nada te importara. Aldo era un experto en este tipo de actuaciones. No tenía que esforzarse, se movía entre la gente de forma perfectamente natural, como si esa clase de reuniones, que a muchos otros les producen agobio o simple fastidio, fueran parte habitual de su vida. En aquella ocasión, sí buscaba algo. Buscaba a Amanda. Pero no imaginaba a su antigua profesora en medio del salón, atrayendo todas las miradas. Solo cuando impartía las clases, subida a una tarima, concitaba la atención general. Pero antes y después, mientras recorría el aula o atravesaba el amplio zaguán de la mansión de los Betencor, se tornaba invisible. Aldo se encaminó hacia el fondo de la sala, donde había unas sillas ocupadas por personas mayores. El ambiente estaba caldeado y algunas damas agitaban sus abanicos. Era un gesto que Aldo nunca había visto hacer a Amanda. Sin embargo, buscó los rostros de las damas al otro lado de la débil barrera que las protegía, a medias, de las miradas inoportunas.

Su mirada tropezó con la de Celedonio Montes, que se acercó para saludarlo con más efusión que nunca.

—¡Cómo me alegro de que te hayas animado a venir! —exclamó, cogiéndole del brazo—. Ven, voy a presentarte a unas personas muy interesantes.

—Estoy buscando a Amanda, Amanda Tello —dijo Aldo.

—¿Amanda, la maestra? —le preguntó con acento de sorpresa, olvidando, al parecer, que Aldo la conocía, que incluso había sido alumno suyo y que había recurrido a él, el mismo Celedonio Montes que ahora lo miraba con extrañeza, para obtener información sobre ella.

Quizá Celedonio tenía muchas otras cosas, y mucho más importantes para él, en la cabeza.

—Fui alumno suyo en Altozano, en casa de los Betencor —dijo, por si así le refrescaba la memoria.

Celedonio movió la cabeza hacia los lados. Eso no era de su incumbencia, parecía decir.

—No sé si Amanda estará en la casa —dijo, pensativo—. Te enseñaré por dónde puedes acceder a otras zonas. El salón parece sellado, pero hay puertas secretas, casi invisibles —añadió, en tono confidencial.

Celedonio llevó a Aldo hasta una de aquellas puertas. Estaba tapizada de seda adamascada, a juego con las paredes de la sala. Aldo accionó el pomo dorado y empujó suavemente. Un ancho pasillo se abría a ambos lados. Probablemente, daba toda la vuelta al salón. Por el lado de la izquierda, a unos metros, se veía transitar a los camareros que iban y venían con las bandejas repletas de viandas y bebidas o de platos y copas ya vacíos. Por ese lado debían de encontrarse las cocinas. Aldo decidió internarse por el pasillo de la derecha. Tras recorrer un buen trecho, se internó por otro pasillo, bastante más estrecho que el anterior, y siguió el rastro de una luz que provenía del fondo. Mientras traspasaba el umbral del saloncito, aspiró una fragancia inconfundible.

Pero Amanda tampoco estaba allí. Se había ido hacía un buen rato, dijo una de las jóvenes que estaban reunidas en el cuarto, frente a los espejos, arreglándose el pelo, retocándose la cara con pequeñas brochas impregnadas de polvos y rociándose de perfume. Otras se habían sentado en blandas butacas y no parecían con ganas de volver al salón principal.

Aldo volvió al pasillo, pero ya no pudo localizar la puerta por la que había salido del salón. Dio varias vueltas, deshizo el camino, dio más vueltas. La idea del posible encuentro con Amanda le abandonó abruptamente. No había llegado el momento, quizá no llegara nunca. Todo era demasiado distinto a como había sido cuando se habían conocido, cuando Amanda había sido una maestra, la única maestra que Aldo había tenido nunca y él, Aldo, un alumno, el más destacado del aula, el preferido. Quizá una parte de ellos siguiera siendo como había sido entonces, pero ¿podrían reconocerla? Si es que algo había permanecido, el encuentro no era tan importante. Las ilusiones conviven con las desilusiones, pero las ilusiones se alzan por encima. Aspiran a volar, a no descender nunca.

Se encontró, finalmente, en un pasillo húmedo y frío, apenas iluminado. Estuvo a punto de tropezarse con unos escalones. Había ido a parar a un pequeño zaguán. Al otro lado de la puerta cerrada, se filtraba la luz de la calle. Hizo girar el picaporte y salió a la noche. Se trataba, por lo que parecía, de una salida de servicio. La calle era estrecha, una especie de callejón. Se encontraba en la parte trasera del palacete. ¡Vaya manera de irse de una fiesta! Sin apenas quererlo, sin despedirse de nadie.

Aldo dio la vuelta a la casa. Delante de la puerta principal, por la que hacía unas horas había entrado en compañía de Julio Betencor, estaba Merlín, su antiguo amigo, hablando animadamente con alguien. Lo reconoció por sus gestos, por su voz. Cruzó la calle para evitar saludarlo. Estaba seguro de que Merlín le había visto, aunque no le había sostenido la mirada. Ya no le odiaba. No había nada que tuviera que serle perdonado.

Poco a poco, mientras Aldo avanzaba por la calle, la voz de aquellos hombres se fue haciendo más lejana. Escuchó otras voces, que también se fueron volviendo lejanas. Escuchaba sus propios y solitarios pasos sobre la calzada, ecos de aquí y de allá, músicas ligeras salidas de la nada, su propio corazón.

3. *FESTINA LENTE*
(APRESÚRATE LENTAMENTE)

En la que antaño había sido una de las ciudades más bellas del mundo conocido, al sur de una isla por la que había discurrido una parte pequeña de la historia de la humanidad, pero tan digna de ser rememorada como cualquier otra, y quizá algo más, un hombre de noble aspecto y sumamente respetable, a quien llamaremos don Genaro, tenía un palacio que, como todos los palacios que se sucedían a lo largo de la calle –la vía principal de la ciudad–, se había ido deteriorando lentamente, y había llegado a un punto en el que ya no tenía remedio. Don Genaro había contraído matrimonio en el umbral de la vejez y había tenido la desgracia de quedarse viudo a los pocos meses de nacer su primera –y única– hija, a quien bautizaron con el nombre de Olimpia, en honor a los dioses, cuya protección, en un momento que parecía crítico, dada la fragilidad de la madre primeriza, los progenitores habían solicitado fervientemente, pero en vano. Cuando la niña cumplió quince años, don Genaro la envió al continente, a un país en el que llevaban un tiempo establecidos unos parientes de la familia, los cuales se comprometieron a encontrar para la joven un marido razonablemente rico. Un marido capaz de proporcionar a su hija lo que él, el padre, no podía ofrecerle, una vida segura y estable, a salvo de la constante amenaza de la decadencia. En el país en el que vivían los parientes de don Genaro acababa de ponerse fin a una larga contienda interna, a la que ellos habían sobrevivido como habían podido, sin implicarse demasiado, pero apoyando sentimental y subrepticiamente al bando que había acabado haciéndose con la victoria. Como resultado de lo cual, una vez instaurada la paz, los familiares tenían buenas relaciones con personas influyentes y emprendieron con éxito una serie de negocios. Su situación era desahogada y, en la medida que lo permitían las circunstancias, parecía prometedora.

A los quince años, Olimpia solo sentía interés por el presente. Doña Matilde y don Arsenio, sus recién conocidos parientes, nunca hacían la menor mención al pasado, como si hubieran vivido desde tiempo inmemorial en el amplio y luminoso piso del edificio, situado en la zona oeste de la ciudad, más allá de una de sus avenidas principales. El edificio apenas había sido castigado por la guerra, lo que ayudaba a mantener las miradas de los inquilinos fijas en las necesidades y aspiraciones de los días que se deslizaban ante sus ojos.

Hasta su llegada al país extranjero, la vida de Olimpia se había desarrollado en una atmósfera de recuerdos. Sus sentidos se habían ido formando mientras transitaba por calles en las que se sucedían palacios, iglesias y mercados callejeros, al abrigo de grandes zaguanes, altas puertas flanqueadas por anchas columnas y amplios salones que se comunicaban y daban la vuelta al patio, en el que se extendía el aroma de los jazmines que crecían en inmensos macetones mezclado con los olores provenientes de las callejuelas circundantes, de oscuros locales donde se horneaba el pan y la masa de los bollos, de las empanadas y otras delicias pasteleras. Los palacios estaban cercados por un enjambre de vías estrechas con ropa tendida en los balcones y gente asomada y hablando de un lado a otro de la calle. O mirando. Siempre había alguien allí, en uno de los balcones. La alargada pieza de mármol que les servía de base podía quebrarse y caer, por muchas que fueran las ménsulas que la sostuvieran. De aquellas miradas hacia lo alto había nacido el vértigo que, en situaciones no siempre previsibles, amenazaba con apoderarse de Olimpia.

Los viejos palacios a punto de venirse abajo, los callejones llenos de basura, la gente asomada a los estrechos balcones de suelo de mármol, el olor a harina quemada, los gritos de niños jugando por las calles permanecieron durante un tiempo en la mente de la joven Olimpia. No era fácil que el caótico ambiente de decadencia, ruina y abandono que reinaba en las calles de su ciudad natal desapareciera de su memoria. Y lo que aún resultaba más difícil de olvidar era la mirada de indiferencia –o de resignación, de mera impotencia– con que la gente contemplaba el desorden, la suciedad y los peligros que aquel deterioro incesante suponían para la salud. En aquel lugar se vivía como si fuera imposible detener el desgaste, el cansancio o la enfermedad no ya de los seres vivos sino, sobre todo, de la materia en la que habían quedado grabadas, en hermosos edificios y grandiosos monumentos, las aspiraciones y ambiciones de un puñado de personas ilustres.

En su nueva vivienda, Olimpia fue dejando atrás, muy poco a poco, su temor a caerse e ir a parar sobre unos adoquines rotos o sobre montones de escombros y de basura.

Don Genaro había provisto a Olimpia de una pequeña dote. Había vendido el palacio en el que había vivido desde la infancia y un par de fincas del interior de la isla, reservándose para sí, para los escasos años que le quedaban de vida, una asignación modesta. En cuanto su hija abandonó la isla, el anciano se hundió en la melancolía. Eso era lo que el destino le tenía reservado y lo aceptaba con resignación. Su hija no sería testigo de su tristeza. La había salvado de la frustración y de la decadencia. El anciano se aferró a esa idea hasta el día de su muerte. La tristeza que impregnaba sus días era una carga ligera porque estaba llena de sentido. Era el tributo que debía pagar para la felicidad de su hija, un tributo que se había impuesto a sí mismo, convencido de que eso era lo que le pedían los dioses.

A la joven Olimpia no le faltarían pretendientes, le decía en sus cartas don Arsenio, que escribía puntualmente a don Genaro los domingos por la mañana. La simpatía y gracia de la joven le abría todas las puertas. Hasta las familias más orgullosas y recelosas la recibían con los brazos abiertos. Olimpia era una jovencita encantadora. Sus rasgos físicos respondían fielmente al prototipo de belleza meridional, aun cuando no fuera eso lo que más llamaba la atención en ella. La joven era dueña de un encanto arrollador. Ejercía el arte de la seducción de una forma perfectamente natural. Había nacido así. O se estaba creando en este mismo momento. Estaba floreciendo. En el nuevo entorno, mimada por sus parientes y por sus numerosas amistades, Olimpia fue adquiriendo unos modales desenvueltos pero muy armoniosos que atraían de forma casi infalible a los jóvenes. Aún era pronto para pensar en compromisos matrimoniales, pero todo indicaba que no le faltarían, más pronto que tarde, interesantes proposiciones.

Los tutores, conscientes de la importancia que en aquellos momentos se daba a la educación, en la que debía incluirse, según se aconsejaba, un conjunto de conocimientos diversos, buscaron para Olimpia un profesor capaz de proporcionar a la joven una formación sólida. Así, apareció en la casa Damián Jiménez, licenciado en varias carreras universitarias, políglota, filósofo, literato, científico experimental y médico naturista. Su mujer, que también daba clases particulares, colaboraba asiduamente en revistas femeninas y tenía, en un periódico de gran tirada, una sección fija, una especie de consultorio. El matrimonio había encontrado la forma de ganarse la vida razonablemente bien, una vez que, al término de la guerra, ninguno de sus miembros había podido –o no había querido– incorporarse, por motivos políticos, a sus puestos de maestros. Tenían hijos de todas las edades. Motivos para seguir trabajando no les faltaban.

Pasó lo que tenía que pasar. Olimpia, cuando llegó el verano, estaba exuberante. Llevaba un traje ligero. El profesor sucumbió a sus encantos. Mantuvieron el idilio en secreto. Si doña Matilde tuvo alguna sospecha, se guardó muy bien de decírselo a nadie. Ni siquiera a su esposo. Tenía la impresión de que nada ni nadie sería capaz de controlar la naturaleza tempestuosa de Olimpia y estaba segura, a su vez, de que la joven tenía recursos de sobra. De vez en cuando, le dirigía frases cargadas de intención sobre la importancia de la cautela y las funestas consecuencias que podían derivarse de los actos impulsivos. Olimpia asentía.

–No te preocupes, tía –decía con una media sonrisa–. Sé cuidar de mí misma.

–Aún eres muy joven –comentaba la tía.

–Sí, aún tengo muchas cosas que aprender.

–Hay que ir muy despacio. Tienes mucho tiempo por delante. La juventud tiene demasiada prisa.

–Tía, no hables como una vieja –reía Olimpia–. Ya ves los piropos que te dicen por la calle y hay que ver cómo te mira el mozo de la frutería.

–Calla, calla –decía, regocijada, la tía–. No es a mí a quien mira el mozo.

Lo cierto era que doña Matilde se lo pasaba en grande con su sobrina adoptiva. Desde que había entrado en la casa, ella había renacido.

El idilio entre la alumna y el profesor duró lo que suelen durar estos asuntos –a unos les parecerá mucho y a otros poco–, y no solo llenó de alegría los días del profesor, sino que resultó de gran provecho para la alumna y, como fueron tomadas las debidas precauciones, no tuvo las consecuencias físicas y materiales que, sin duda alguna, hubieran complicado extraordinariamente las cosas.

Las cartas que don Arsenio enviaba semana tras semana a don Genaro daban rendida cuenta de los progresos de Olimpia y suponían el mejor de los bálsamos para las dolorosas heridas que la melancolía causaba en el alma del anciano. Su vida declinaba lentamente. El agudo dolor que le producía la ausencia de su hija, convertido, con el tiempo, en una pena enquistada en su alma, marchitaba inexorablemente su cuerpo, lo cargaba de dolencias que aumentaban constantemente, se multiplicaban, se superponían unas a otras, anticipándose día a día al último trance de la vida. La muerte se fue apoderando de don Genaro.

Olimpia también escribía a su padre y, por su parte, esperaba con impaciencia sus cartas, porque le gustaba sentir tan cerca –tan dentro– de ella la voz del anciano. Pero en ningún momento pensó que la muerte se lo fuera a arrebatar antes de que pudiera volverle a ver. Siempre había pensado, sin detenerse mucho, que, pasado un tiempo, padre e hija se reunirían, ya fuera en el país extranjero o en la isla que, precisamente por decisión paterna, ella había abandonado. A pesar de que el anciano, en las cartas que escribía a su hija, mencionaba a menudo la muerte y hablaba de ella como si fuera una persona conocida, una amiga a quien se ve prácticamente todos los días y con quien se departe un rato, para Olimpia la muerte no era más que una idea, y muy lejana.

Por lo demás, se había producido un fenómeno curioso. Desde que la joven Olimpia se había separado de su padre, sentía continuamente su presencia. El anciano se encontraba siempre a su lado, tanto dentro como fuera de la casa. La acompañaba a las fiestas, al teatro, a los cafés, paseaba con ella por la calle, se cobijaba, colgado de su brazo, bajo su paraguas, cuando llovía, y se sentaba en un banco, a la sombra de los árboles, cuando el implacable sol del verano castigaba la ciudad. Lo curioso del asunto era que, cuando Olimpia escribía a su padre —respondía a sus cartas el mismo día en que las recibía—, no era a su eterno e invisible acompañante a quien se dirigía, sino al otro, al padre que se había quedado en la isla. Eran dos padres distintos. A este le hablaba del otro, le consultaba sobre las cosas que luego le contaría, cuando tomara la pluma y empezara a deslizarla sobre el papel. Al padre a quien Olimpia escribía sus cartas, finalmente, solo le contaba algunas cosas, las que, a criterio de la joven, el padre quería escuchar. De su secreta y apasionada relación con Damián Jiménez no le contó nada. Eso solo podía contárselo al padre invisible que estaba siempre a su lado. ¡Qué distintos y qué necesarios eran los dos padres! El padre invisible era su confidente más íntimo e incondicional. El destinatario de las cartas le recordaba sus metas, sus aspiraciones y el comportamiento responsable que todos esperaban de ella.

Don Genaro murió una mañana de agosto, cinco años y unos meses después de que su hija abandonara la isla.

Olimpia conoció la noticia en la finca donde los señores de Bosana pasaban los meses estivales, en un pueblo cercano a la capital, rodeado de bosques y montañas, en el que se respiraba un aire limpio y vivificante. Se había hecho íntima amiga de Laura, la segunda de las hijas. Compartían gustos y aficiones. A Laura, más que ninguna otra cosa en el mundo, le interesaban las ciencias naturales. Observaba atentamente a cuantos animales tenía a su alcance. En el balcón de su cuarto, tenía un par de tortugas pequeñitas, que muchas veces se colaban en el interior de la casa, a pesar de la explícita prohibición de su madre. Como Laura había insistido tanto, le habían permitido tener gusanos de seda en una caja de zapatos. En verano, se habían convertido en capullos de color amarillo. Laura y Olimpia pasaban mucho rato arreglando las cajas de los gusanos de seda, observando el lento y admirable trabajo de sus prisioneros, y, a su modo, participando en él con susurros y canciones.

A su alrededor, todas las jóvenes pensaban en casarse. Ellas también, pero además tenían otras cosas en la cabeza. Casarse podía ser bueno si se daba con un hombre que mereciera la pena, un hombre inteligente, guapo, sensible y simpático. Nada de hombres enfadados, taciturnos o arrogantes. Sobre todo, nada de hombres que se creyeran superiores a ellas. Eso era fundamental: hombres para quienes las opiniones y aspiraciones de ellas fueran tan buenas como las de ellos. ¿Existían hombres así? Los buscarían, y, si no los encontraban a su alrededor, irían al extranjero —más extranjero aún, en el caso de Olimpia—, donde las costumbres y los prejuicios habían evolucionado. Las mujeres fumaban, usaban pantalones, iban solas a los cafés, viajaban solas, trabajaban fuera de casa, dirigían negocios, escribían novelas, estudiaban Derecho y Farmacia. Qué harían ellas, eso, de momento, no lo sabían. Tenían veinte años. En los largos días del verano, a la sombra de los frondosos árboles del jardín de los Bosana, alrededor del estanque, Laura y Olimpia hablaban de estas cosas y de muchas otras, inventaban mil juegos, reían, cantaban y bailaban. No eran tan serias, finalmente.

Olimpia había tenido muchas veces la tentación de

contarle a Laura su larga aventura con Damián Jiménez. Pero Laura era sumamente inocente, y cuando Olimpia daba unos pasos en esa dirección, algo la impelía a deshacerlos enseguida. Intuía que Laura se escandalizaría profundamente y quizá no llegara a entender del todo lo que sucedía entre ella y Damián.

La carta que anunciaba la muerte de don Genaro llegó a las manos de Olimpia cuando se encontraba en el jardín, junto a su amiga Laura, observando un gorrión que se había posado sobre el seto y que, dado lo exiguo de su tamaño, debía de haber salido del cascarón hacía un segundo.

—Noticias de su tierra —dijo la criada, y extendió el sobre hacia Olimpia.

No era una carta de su padre. Olimpia se sentó en el banco de piedra que quedaba a sus espaldas, a la sombra de un tilo. Sus dedos rasgaron el sobre con el apresuramiento que dicta el miedo. Conocer cuanto antes la desgracia, ese es el impulso. Y también, en el fondo, acabar con ella, tratar mal el papel en el que viene envuelta.

Leyó la carta una y otra vez. El mensaje no desaparecía. Permanecía grabado en el papel. Su padre había muerto. Don Genaro, su padre, había muerto.

Miró a su alrededor. Ciertamente, su padre ya no se encontraba allí, sentado a su lado, tal como era su costumbre. Cuando ella tomaba asiento, él le hacía compañía. Estaba siempre allí, muy cerca. No hablaba, pero parecía dispuesto a escuchar lo que ella quisiera decirle.

Junto a Olimpia, en el banco de piedra, no había nadie.

La sombra del tilo se oscureció, dejando fuera todo el calor de la mañana. Cesó el murmullo de la fuente y dejó de oírse el gorjeo de los pájaros. El gorrión recién nacido quedó muy atrás. La vida regresó a la nada. El padre que siempre la acompañaba y el padre que se había quedado en la isla habían desaparecido a la vez. La carta que sostenían las manos de Olimpia ponía fin a las dos existencias de su padre.

La muerte de don Genaro supuso un cambio de rumbo radical en la vida de Olimpia. Sus tíos adoptivos reiteraron su disposición a mantenerla siempre a su lado, como si se tratara de una hija, pero Olimpia dejó muy claro su propósito de iniciar una nueva vida en cuanto cumpliera la mayoría de edad, para lo que solo faltaban unos meses.

Según pudo deducir de cuanto sus tutores le contaron, el parentesco que la joven tenía con ellos era tan remoto y estaba tan poco documentado que existía una probabilidad muy elevada de que los vínculos familiares no fueran reales. Pertenecían a la leyenda de una isla que se había obstinado en mantener signos de identidad ante sucesivas invasiones y un incesante tráfico de viajeros de todas clases. Probablemente, eran parientes, pero no había nada seguro. ¿Qué más daba?, conocían de sobra a la familia, habían dado su palabra a uno de los suyos y, por encima de todo, se habían encariñado profundamente con su pupila.

Pero los tutores siempre habían sabido que, llegado el momento, Olimpia tomaría sus propias decisiones. Era dueña de una vitalidad desbordante y había ido adquiriendo una extraordinaria seguridad en sí misma. En cuanto pudiera, tomaría las riendas de su propia vida. Olimpia era imparable, lo sabían. En cuanto alcanzara la mayoría de edad, le harían entrega de la dote que su padre había previsto para ella y que, gracias a las operaciones financieras de don Arsenio, que era un lince para los negocios, había aumentado considerablemente.

A la vista de los talentos y del carácter de la joven, la

encomienda que el difunto don Genaro había hecho a los tutores, la búsqueda de un marido capaz de garantizar a Olimpia una vida sin preocupaciones de tipo económico, había sido dejada atrás. Llegada la mayoría de edad de Olimpia, y siendo dueña la joven de cierta fortuna, no eran ellos los encargados de encontrar para ella el marido adecuado. Olimpia se las arreglaba perfectamente con los hombres. Suscitaba grandes pasiones. Se entregaba a ellas durante cierto tiempo. No demasiado, a decir verdad. Se enamoraba y se desenamoraba con enorme facilidad. Los amoríos y las rupturas se sucedían con impresionante rapidez. Doña Matilde y don Arsenio sabían que, cuando Olimpia tomaba una decisión, nada ni nadie podía hacer que diera su brazo a torcer. Doña Matilde nunca le había trasladado a su esposo sus sospechas respecto de la relación que Olimpia había mantenido con su profesor, Damián Jiménez, ¿qué falta hacía? Las lecciones, fueran de la naturaleza que fuesen, ya habían cesado. Damián Jiménez se había mudado a vivir al campo, como si quisiera dejar a su joven alumna el camino totalmente despejado. Y la alumna, de eso estaba segura doña Matilde, sabía transitar por él.

Con la muerte de don Genaro, el vínculo que ligaba a Olimpia con su país natal se había roto. Olimpia dispuso para su padre unas solemnes exequias y encargó unas misas en su memoria en una de las iglesias más antiguas de la capital. En lo más hondo de su corazón, la joven no creía en nada. Confiaba en la vida y disfrutaba de la belleza. Pero quizá su padre sí creía en Dios, en un ser superior y benévolo, o en diversos dioses, los que habitaban en el Olimpo, que sabrían interpretar las misas católicas como ofrendas paganas. Esa era la despedida que Olimpia podía ofrecer a su padre, muerto en la distancia. Lo había dispuesto todo para desaparecer silenciosamente, sin causar la menor perturbación en la vida de su hija. Según le fue comunicado a Olimpia, su lugar en el cementerio ya había sido reservado de antemano. Su amado padre, el ser más generoso del mundo, había dejado de existir. Había preferido quedarse allí, en la isla donde había vivido toda su vida. Ser enterrado allí, fiel a una esencia que no había querido transmitir a su hija.

Ese fue el legado que Olimpia sintió caer sobre sus hombros, la responsabilidad de ser alguien en su nueva patria, de hacer algo que la distinguiera, de ganarse un lugar en él y el respeto de todos. Se lo debía a su padre y se lo debía a sí misma, porque si su padre había tenido fe en ella, Olimpia no podía flaquear. Estaba en juego algo importante, algo que no todo el mundo entiende. Una clase de autoridad, de afirmación.

No era exactamente la meta, pero había que hacer dinero. Cualquier persona que aspire a hacerse un hueco en la sociedad debe empezar por hacer dinero. Más aún si se trata de una mujer. Olimpia había sido buena discípula de don Arsenio. Tenía cualidades, era prudente y, a la vez, se atrevía a asumir ciertos riesgos. Los cálculos y los negocios no la asustaban. Una vez que obtuviera el dinero necesario, se haría empresaria.

¿Qué tipo de empresa crearía?, de eso habló largamente con su tutor. Algo relacionado con el sector de los servicios, fue la conclusión. La gran atracción que Olimpia ejercía sobre las personas, ya fueran hombres o mujeres, era una cualidad que no se podía desaprovechar.

El abanico de posibilidades se abría entre diferentes propuestas de cafés, restaurantes y salas de espectáculos. Lugares a los que la gente acudía a pasar un rato agradable. Había que pensar en las mujeres que normalmente se quedan fuera de estos espacios y que en aquellos momentos en que soplaban, aunque aún lejanos, nuevos aires de libertad estaban deseosas de dejar por un rato sus hogares, reunirse entre ellas y pasar un buen rato sin tener que pensar en los tediosos asuntos domésticos.

A la ciudad le faltaba un local de ocio al que pudieran acudir las mujeres sin que nadie se escandalizara ni las tachara de busconas, ¡qué horrible era esa clase de palabras, que únicamente se aplicaban a las mujeres!, ¿es que la mujer no tenía derecho a pasar un rato feliz fuera de su casa sin tener que echarse en los brazos de un amante? No es lo mismo tomar un refresco en casa de una amiga que en un local público, en un café. El atuendo escogido para ir a uno u otro lado es distinto, la actitud es distinta. En un café, las posibilidades de encontrarse con alguien inesperado se amplían. Eso lo sabe todo el mundo. Y, mientras la mujer se prepara para salir a la calle, lo piensa. Es una idea que te llena de ilusión, que te empuja a seguir dando pasos por la vida.

Claro que los refrescos, el café o el té de las mujeres no dan para sacar adelante un negocio, ni siquiera si se le añaden pastas. Lo que da dinero es el alcohol. Y el alcohol, por lo general, es asunto de hombres. Había que dar con una fórmula mixta. Un local que por la tarde fuera café y salón de té —eso sonaba muy bien, aunque pocas personas tomaban el té en la ciudad— y por las noches café cantante o algo parecido. Lo más importante: un local respetable. El público al que iba dirigido tenía que ser muy selecto.

Olimpia hizo un recuento de las personas influyentes que había ido conociendo desde su llegada a la capital. Llevó a cabo una ronda de visitas, habló largamente con hombres y mujeres influyentes, intercambió con ellos impresiones sobre las costumbres sociales, las limitaciones y carencias de sus vidas, los sueños y las nostalgias. Tampoco descuidó reunir información sobre asuntos más concretos. Le interesaban mucho. El acierto en esta materia era fundamental. Qué bebidas calientes eran las favoritas de damas y caballeros, qué bebidas alcohólicas se permitían las mujeres y cuáles tentaban más a los hombres, qué aperitivos les resultaban más apetecibles: todo eso había de ser investigado con detalle para hacer después una oferta que ninguno de los miembros de ese club selecto quisiera rechazar. Esta clase de detalles llenaba la cabeza de Olimpia aun en sus ratos de descanso. Incluso por las noches, se despertaba pensando en estas pequeñas cosas.

Poco a poco, la visión del local se fue abriendo paso en la cabeza de Olimpia. Tomó forma en su cabeza como si de verdad lo hubiera conocido. Estaba allí, en uno de los callejones que partían de la vía principal de su ciudad natal, no lejos del palacio en el que había vivido los quince primeros años de su vida. Había estado allí en un tiempo de esplendor, y quizá seguía estando allí, una sombra de lo que había sido, languideciendo, hundiéndose lentamente en el olvido. Había que sacarlo de allí, convertir ese sueño en una realidad palpable y acogedora.

En ocasiones —no en todas, a veces sucede exactamente lo contrario—, la claridad de la meta facilita la búsqueda. El primer día en que Olimpia se plantó, para iniciar sus pesquisas, en la plaza Mayor, y echó a andar por una de las vías, relativamente anchas, que partían de ella, dio con lo que buscaba. Se adentró en una calle estrecha y, tras dar unos pasos, sus ojos se posaron en la fachada de una pequeña tienda de antigüedades. Reconoció el lugar de forma inmediata. La madera oscura que enmarcaba la fachada de la tienda, en la que se abría el hueco de la puerta y de dos escaparates, le daba al local un tono de seriedad, de respetabilidad. ¿Qué mejor antecedente que una tienda de antigüedades para el lugar que había tomado forma en su cabeza? Las antigüedades no estaban ni mucho menos reñidas con la vida moderna.

Una campanilla colocada estratégicamente para que lanzara al aire su sonido en el mismo momento en que la puerta fuera empujada anunció la entrada de Olimpia en la tienda.

La fachada engañaba, el local era bastante más grande de lo que se hubiera podido esperar. Al fondo, tras una aglomeración desordenada de muebles y objetos antiguos, sentada frente a un escritorio, se encontraba una mujer de cabellos blancos que le dirigió una mirada fugaz a la posible clienta por encima de sus gafas de montura metálica.

—Pase, señora —dijo—. Mire con calma. Aquí no hay prisas. Y está todo a la venta.

Qué bonitas palabras, se dijo Olimpia. Y qué oportunas. Está todo a la venta. Cuando un rato más tarde Olimpia, que dio varias vueltas por la tienda, acariciando de vez en cuando la superficie de un mueble o tomando un objeto en sus manos, se decidió a iniciar la negociación, estuvo a punto de citarlas. «Está todo a la venta.» La frase se le había quedado grabada. Pero se contuvo.

Tras escuchar la proposición de Olimpia, la dueña de la tienda de antigüedades declaró que no se le había pasado por la cabeza la idea de deshacerse de su negocio, que había heredado de su padre, de su abuelo y de su bisabuelo. Había vagas noticias de su existencia desde el siglo XVI.

—¿Quién se hará cargo del negocio cuando usted muera? —le preguntó Olimpia sin andarse con rodeos.

Olimpia sonrió. Le mostró a la dueña la caja de carey que quería comprar, aceptó el precio sin regatear un céntimo, pagó, le preguntó por su nombre de pila y se despidió con suma amabilidad.

—Volveré mañana, Graciela —anunció, ya desde la puerta.

La dueña se quedó mirando hacia la calle, tan lejana como el paisaje de fondo de un cuadro flamenco. Desde el sillón en el que estaba sentada y en el que se habían sentado su padre, su abuelo y quién sabe si también su bisabuelo, hasta la puerta por la que la extraña y desenvuelta joven acababa de salir, se extendían, sin orden ni concierto, cientos de muebles y objetos que procedían de casas y lugares muy diversos. Habían sido expulsados de sus territorios y allí estaban, acumulando más polvo y más años, a la espera de ser llevados a nuevas casas, a ser parte de otras vidas. Quizá vender la tienda no fuera tan mala idea.

La tarde declinó. La débil luz del otoño iluminó el escaparate. Graciela Calasanz abandonó la tienda más tarde de lo acostumbrado. Sus pensamientos habían llegado a un punto extraño, como si las palabras que los sustentaban se hubieran transformado, de pronto, en nubes. Algo se había acabado. Una pesada cadena se había roto. Las nubes flotaban en el cielo, perdidas, deshilachadas, pero luminosas, libres. Echó el cerrojo desde dentro y subió, muy lentamente —cada día le resultaba más difícil aquel ascenso—, las escaleras que comunicaban el local con su vivienda, aquel inmenso, enmarañado y oscuro piso en el que habían vivido, por lo que sabía, tres generaciones de la familia.

Al día siguiente, un chaparrón cayó sobre la ciudad. A las seis de la tarde, salió el sol. Olimpia apareció en la tienda. Sonreía del mismo modo en que había sonreído la víspera, como si su confianza en el futuro fuera indestructible. Graciela Calasanz apenas tuvo que decir nada. Asintió con la cabeza, movió ligeramente los labios. Extendió la mano hacia una silla en un ademán que Olimpia cazó al vuelo. Sentadas a uno y otro lado del viejo escritorio familiar, se miraron como si fueran viejas amigas que hiciera años que no se hubieran visto y que, sin embargo, estaban seguras de los vínculos que las unían.

La venta afectaba únicamente al espacio de la tienda. Graciela no había considerado desprenderse del piso. Consumada la operación, se bloquearía la comunicación entre ambos espacios. El piso tenía otra salida, que daba a las escaleras de vecindad del edificio. ¡Qué fácil había sido, a fin de cuentas!, se decía Olimpia.

En la fachada, las letras doradas de la palabra «Antigüedades», grabadas sobre un cristal oscuro, fueron sustituidas por las correspondientes a «Nuevo Salón de Té». El local no tenía otro nombre, pero, fuera por la razón que fuese, todo el mundo lo llamó el Palermo. Sonaba muy bien. A la gente le gustaba decir: «Vamos al Palermo», «Quedamos en el Palermo». Olimpia misma acabó por llamarlo así. Si Palermo era el nombre de una ciudad, si la ciudad se encontraba en una isla, si esa era precisamente la ciudad en la que Olimpia había nacido, todo parecía una mezcla de verdades y conjeturas. Quizá Palermo fuera un nombre que ella hubiera mencionado alguna vez o alguien había dicho algo que luego se había convertido en un rumor. Sea como fuere, ambos nombres, Olimpia y Palermo, quedaron ligados en la imaginación de la gente.

A media tarde, Graciela Calasanz salía de su piso, descendía por las escaleras, atravesaba el umbral de la puerta, daba unos pasos por la calle, y volvía al interior del edificio, a un lugar que ya no le pertenecía, por otra puerta. Se admiraba de la transformación de la tienda de antigüedades que había pertenecido durante generaciones a su familia en un local donde podía pasar la tarde tomando un café o una taza de té y saludando en la distancia a gente bien vestida y bien educada. Ya no tenía que estar pendiente del sonido de la campanilla que anunciaba la entrada de posibles clientes que, la mayor parte de las veces, solo iban a husmear entre los innumerables muebles y objetos que abarrotaban la tienda y que, siempre, encontraran o no lo que buscaban, si es que en verdad buscaban algo, discutían tenazmente el precio. Había respirado el polvo acumulado sobre todos esos objetos durante años que parecían siglos. Se había responsabilizado del negocio familiar sin ponerlo nunca en cuestión. Había aceptado esa clase de vida como si fuera la única que podía vivir. Había estado a punto de no conocer otra cosa, pero se había salvado. Gracias a esa extraordinaria mujer, Olimpia, la del Palermo, se había salvado. Inesperadamente, el vasto y desconocido mundo que se extendía por encima de las antigüedades había irrumpido en su vida. Y ella se había convertido en un personaje más de ese mundo. El viejo y apolillado espacio había sido sustituido por el nuevo, donde todo relucía.

En el local, siempre había una mesa reservada para Graciela Calasanz y para las diversas amistades que, con la excusa de saludarla, pasaban por allí. Graciela, como Matilde y Arsenio, los tutores de Olimpia, contribuían a dar al Nuevo Salón de Té un toque de clasicismo, como si el local hubiera estado siempre ahí, formando parte del espíritu de la ciudad. Todos ellos ayudaron a la formación de un público fijo del local de Olimpia. Gracias a esa clase de público, el salón de té no se encontraba nunca vacío. Era gente de aspecto respetable que sentía curiosidad por ambientes más sofisticados. Los conocidos de Graciela y de los tíos adoptivos de Olimpia daban al local ese toque de normalidad que los clientes más interesantes, aquellos para quienes había sido concebido, encontraban agradable.

Otro de los grupos fijos del Palermo fue el que se formó alrededor de Laura Bosana. Laura, a quien Olimpia admiraba por su inocencia, por esa forma de estar en el mundo sin hacerse preguntas incómodas, había contraído matrimonio con un rico empresario que la había animado a desarrollar su talento para el dibujo. Laura realizaba bellas estampas de animales y de plantas que entusiasmaron a un fabricante de telas amigo de la familia. Aquellos delicados dibujos fueron impresos en telas destinadas a la tapicería. Se produjo un golpe de suerte. Los diseños de Laura Bosana lograron fama internacional. Buena parte de las telas de seda que forraban las paredes, de los pesados cortinajes que preservaban los salones de la luz del sol, de los tapizados aterciopelados o adamascados de los sillones y de las incontables sillas que estaban desperdigados por las salas de las grandes casas de los aristócratas o banqueros nacionales y extranjeros, llevaban impresos dibujos de pájaros o de almendros en flor y otros motivos parecidos que se habían fraguado en el taller de Laura Bosana.

Laura Bosana solía sentarse junto a una de las ventanas. Olimpia se reunía con ella enseguida. Al cabo, se les unía una u otra amiga. Algunas de ellas, las que hablaban más y más alto, las que se vestían y peinaban de forma más atrevida, eran independientes. Contaban con medios de vida propios. Sus miradas estaban puestas en modelos extranjeros. Fueron ellas las que dieron el nombre de «las modernas» al grupo.

Estas y otras amistades llevaron al Palermo un público que resultaba muy atractivo para los extranjeros que visitaban la capital o vivían eventualmente en ella. Los embajadores de los países vecinos y de prósperos y remotos países allende los mares eran clientes fijos. Diplomáticos de países conocidos y desconocidos hicieron del Palermo un lugar de encuentro. Algunos de ellos formaban parte del público de la tarde, y entablaban conversación con las señoras. Otros eran noctámbulos y se codeaban con la farándula capitalina, ese grupo de aristócratas y artistas que muchas veces iniciaba en el Palermo su recorrido nocturno. Allí nadie hablaba de religión ni de política. A lo más, en susurros, en rincones y de madrugada.

Olimpia trataba a los clientes con cierta familiaridad, pero sin sobrepasarse. Eran amigos más que clientes, pero amigos muy distinguidos. Embajadores, políticos, empresarios, periodistas, artistas... Todos eran llamados por su nombre. Porque tenían un nombre, no eran gente común y corriente. Aunque el grupo de «las modernas» era su preferido, Olimpia siempre pasaba un rato de charla con cada uno de los grupos y cruzaba unas frases de cortesía con quienes acudían solos al local, para comprobar si buscaban compañía, en cuyo caso se encargaba de procurársela con la mayor de las delicadezas, o preferían mantenerse en soledad.

La armonía, la seguridad con que Olimpia se movía por el local, era un espectáculo –de mayor o menor trascendencia– para los clientes. ¡Qué lejos estaban los vértigos que, hacía años, irrumpían en su vida cuando menos se los esperaba, quebrando su equilibrio! Esa era su conquista. A veces, Olimpia se preguntaba si eso era suficiente, si no cabía desear algo más.

Una tarde, la mirada de Olimpia se posó en una señora de edad indefinida –entre los treinta años y los cuarenta–, y singular belleza. Había pedido un café, que reposaba sobre el velador, y escribía en un cuaderno con una pluma estilográfica esmaltada de un oscuro color ámbar. Estaba concentrada en la acción de escribir. Olimpia dio unos pasos detrás del mostrador para verla desde otro ángulo. Se sintió presa de una indeterminada fascinación.

La señora pagó su consumición sin levantar los ojos hacia el camarero y luego salió por la puerta sin mirar a nadie. Hasta pasada una semana, la señora no volvió al Palermo. Quizá fuera extranjera y estuviera de paso. O quizá, como casi todas las mujeres que Olimpia conocía, fuera extranjera solo para ella. Pero su forma de vestir, su peinado, sus gestos, las facciones de su cara: todo eso resultaba reconocible, cercano. No resultaba, en suma, tan diferente de las otras mujeres. Su singularidad no se encontraba en el exterior, no era visible para todos. Pero Olimpia había visto algo.

El corazón de Olimpia se aceleró cuando la divisó por segunda vez. Estaba sentada en el mismo rincón, había pedido café, había abierto el cuaderno y se encontraba inclinada sobre él, sosteniendo entre sus delgados y delicados dedos la pluma estilográfica de empuñadura que, ahora lo veía mejor, era de carey, materia por la que Olimpia sentía predilección. La dama debía de llevar allí por lo menos un cuarto de hora. Olimpia no la había visto entrar. No controlaba todas las idas y venidas.

Esta vez le hablaré, se dijo. Sin embargo, la señora apenas levantó los ojos del cuaderno. Cuando lo hacía, miraba hacia otro lado, hacia un punto indefinido.

¿Cómo irrumpir en esa concentración? Si un cliente no quiere hablar, no se le puede forzar. A los cafés también se acude para estar solo. Rodeado de gente, pero solo. ¡Qué gestos tan dulces!, ¡qué facciones tan proporcionadas!, y esa caligrafía tan fina que dejaba en las páginas del cuaderno aquella pluma estilográfica tan bonita, tan femenina, al deslizarse de un lado a otro, de una línea a otra. ¿De dónde había salido una mujer así? Una mujer que se había concedido ese rato de soledad, de libertad. Olimpia no se atrevió a acercarse a ella. En ningún momento la concentrada dama dirigió su mirada a otra cosa que no fuera su cuaderno, su taza de café y un punto indeterminado pero inamovible que quedaba en un área fuera del alcance de Olimpia.

La tercera vez que la bella y silenciosa señora cruzó el umbral del Palermo, Olimpia se forzó a sí misma. Se acercaría y le hablaría. Tenía que superar aquella timidez paralizante que la acometía nada más ver a la dama. No era propio de ella. Desde su observatorio, protegida por el mostrador, Olimpia siguió los movimientos de la señora. Vertió agua caliente en el café, que, como de costumbre, había pedido que le fuera servido en taza mediana y acompañado de una jarrita de agua caliente. Revolvió la mezcla con la cucharilla. No tomaba azúcar. Sacó el cuaderno y la pluma estilográfica de un elegante bolso de piel algo pasado de moda, abrió el cuaderno, desenroscó el capuchón de la estilográfica. Levantó los ojos. Ahí estaba Olimpia, preparada para ese momento. Había hecho acopio de su habitual aplomo.

—¿Necesita algo más? —preguntó con suavidad—. ¿Se encuentra cómoda en este lugar?, ¿tiene suficiente luz?

La señora la miró, algo desconcertada.

—Estoy muy bien, gracias —dijo.

—Es que ya se ha hecho clienta nuestra —se explicó Olimpia, acercándose un poco más a la mesa—. Queremos que los clientes más asiduos se sientan a gusto aquí.

—Es un lugar maravilloso. No me queda muy cerca de casa, pero me gusta venir de vez en cuando. Casi lo tomo como un premio que me doy a mí misma.

La señora tenía una expresión tan confiada y el tono de su voz era tan dulce que Olimpia se atrevió a preguntarle si podía sentarse un momento a su mesa.

—Por supuesto —dijo la dama—. Disculpe que no la haya invitado yo misma, pero carezco de experiencia en este tipo de cosas, mi vida social es muy limitada.

Se llamaba Valentina Martín. No dijo su edad. Vivía en la ciudad desde hacía un par de años, no muy lejos de allí, pero tampoco cerca, en el piso de uno de sus hermanos, el pequeño, que se encontraba en el extremo de la larga calle que ligaba la plaza Mayor con la de la Patria. ¿Qué era lo que escribía en su cuaderno? Cartas, borradores de cartas. Cuando una mujer va sola a un café, es mejor hacer algo.

Olimpia la miraba con admiración creciente. Había imaginado que sería tímida, pero ahora veía que la desconocida no tenía el menor problema en entablar una conversación. «Desenvuelta» no era la palabra adecuada para calificarla. «Inocente», quizá. Pero no inocente como Laura Bosana. Se trataba de otra cosa, difícil de determinar. A pesar de que Olimpia era bastante más joven que ella –probablemente le doblaba la edad–, se sintió invadida por un intenso sentimiento de protección. Aquella mujer, aunque disfrutara de una libertad que no todas las mujeres se concedían a sí mismas –a muchas mujeres la libertad no se la concedía nadie–, parecía estar poseída por una especie de inseguridad, de desconfianza. Algo sumamente vago. Era una clase de inseguridad que no se expresaba en los detalles. Sus pasos eran firmes, su voz sonaba clara. No parecía pesarle entrar sola en el local, ni permanecer sola, sentada a su mesa y escribiendo en su cuaderno. Se trataba de algo mucho más profundo. Un aire de desamparo la envolvía.

La vida de Olimpia estaba salpicada de raptos de amor, de historias largas y de historias cortas, de alegrías y de decepciones. Siempre que el amor había hecho su aparición, se había entregado a él. De su primera y apasionada historia de amor con Damián Jiménez, que era todavía uno de sus más bellos recuerdos, había aprendido mucho. Sabía ponerse a salvo. Una mujer enamorada ha de ser, también, una mujer prudente. Algunos de los hombres que habían desfilado por su vida se lo habían echado en cara: Olimpia siempre se reservaba algo. El amor que ahora la recorría era de otra naturaleza. Era mucho más generoso, mucho más profundo. No había nada de lo que protegerse. Olimpia no tenía el menor interés en hacerlo. Lo que hubiera que perder, se perdería. Todo lo que se vislumbraba en aquel momento era extraordinario.

Cuando Valentina se puso en pie, preparándose para

salir del local, Olimpia volvió a acercarse a ella, descolgó el abrigo que había dejado en el perchero y se lo ofreció, ayudándola a ponérselo.

—Hace mucho frío —susurró—. Cuídese mucho. Vuelva pronto a hacernos una visita. Nos encanta tenerla aquí.

Era la voz del amor. Valentina Martín pareció reconocerla. Miró a Olimpia con cierta expresión de extrañeza, pero agradecida, alegre.

—Volveré, claro —dijo.

En la calle, donde reinaba el frío de la oscura tarde invernal, Valentina Martín se subió el cuello del abrigo y se volvió ligeramente hacia la puerta. Olimpia permanecía allí, sin haberla llegado a cerrar del todo. Había cierta timidez en su mirada, cierta contención, quizá algo de miedo.

Olimpia no contó las veces que Valentina Martín volvió al Palermo. Dos o tres veces por semana durante el invierno, más de tres veces por semana en primavera, menos de tres cuando llegó el verano. Tomaba asiento junto al velador que había escogido el primer día y que a esas horas se mantenía libre por indicación expresa de Olimpia, pedía su café, abría el cuaderno, desenroscaba la pluma y se ponía a escribir. En un momento dado, más o menos media hora después, levantaba su mirada y la dirigía hacia Olimpia, instalada, en aquel momento, en el punto exacto del mostrador donde las miradas de las dos señoras pudieran cruzarse con facilidad. Entonces Olimpia abandonaba su refugio —y su trono— y se sentaba junto a su amiga. Hasta que Valentina no se iba, no iniciaba su ronda habitual por las mesas, saludando a sus conocidos y deteniéndose un poco con sus viejas amistades.

Más de una vez, una de las señoras del grupo de «las modernas» le había sugerido a Olimpia que invitara a Valentina a sentarse con ellas, porque la mujer que escribía en su cuaderno con tanta concentración les inspiraba curiosidad. La misma Laura Bosana se lo había comentado. Olimpia prometió que trasladaría la invitación a la señora, pero, si lo hizo o no, solo ella podía saberlo. Laura, que conocía bien a su amiga, intuía que Olimpia no estaba dispuesta a compartir aquella amistad.

Las cosas se mantuvieron como estaban durante algunos meses. Cada cual en su sitio, bajo la solícita –y también vigilante– mirada de Olimpia.

Pasado el tiempo, Olimpia se preguntó en innumerables ocasiones cuál era el contenido de aquellas conversaciones con Valentina que habían tenido lugar en el Palermo. Tenía la contradictoria sensación de haber expresado muchas cosas de sí misma y, a la vez, muy pocas. No podía reproducirlas en su memoria. Era la mirada de Valentina, aquella expresión de desamparo que no se iba del fondo de sus ojos, lo que ocupaba el primer plano. ¿Cómo podía acceder a esos recuerdos si, finalmente, Valentina había desaparecido de su vida? Eso fulminaba cualquier posibilidad de regresar a ese tiempo anterior en que habían tenido lugar las conversaciones en el Palermo, Olimpia no era capaz de enumerarlas, ¿cuántas tardes las había albergado?, ¿un centenar?, ¿una docena?

Había sabido entonces –y lo supo hasta el fin de sus días– que aquellos meses eran los más felices de su vida. El Palermo era su obra, su vínculo con esa realidad cuya conquista había empujado a su padre a alejarla de sí y de su país natal. Había cumplido el sueño de su padre. No se había casado con un hombre rico, pero estaba segura de que si él pudiera verla desde el ignoto lugar en el que ahora se encontraba, bailaría y cantaría de alegría. El Palermo había proporcionado a Olimpia una posición social incuestionable. Valentina Martín había aparecido en su vida en el mejor momento. Todo había confluido. Podía permitirse albergar cierta zozobra cuando su amiga se retrasaba un poco sobre la hora en que acostumbraba llegar al local, o cuando llevaba sin aparecer más días de lo que era habitual. Podía permitírselo, porque la felicidad ya estaba dentro de ella. Sufrir un poco es parte del juego.

A finales de julio, Valentina se despidió porque se iba de veraneo al norte con la familia del hermano mayor, compuesta, en su mayor parte, por vociferantes e incontrolables niños y niñas a quienes era prácticamente imposible mantener encerrados en un piso cuando caía el calor sobre la capital. En el transcurso del año, Valentina veía menos a la familia del hermano mayor y quería equilibrar esa desigualdad, decía, durante los meses del verano. La casa del pueblo en el que la familia del hermano mayor veraneaba era lo suficientemente grande como para que ella pudiera disponer de cierta independencia.

Olimpia recibió enseguida carta de Valentina Martín, y quedó impresionada por la gracia y la agilidad de su estilo. Ahora entendía la querencia de su amiga por su cuaderno. No solo relataba muy bien los acontecimientos veraniegos, sino que dibujaba paisajes y escenas que ilustraban los hechos. En general, utilizaba el lápiz. Algunas veces, sin embargo, el dibujo ocupaba toda una página –una página suelta, añadida al final– y los trazos en tinta de la pluma estilográfica, medio superpuestos a los realizados en lápiz, estaban muy perfilados. Esta clase de dibujos, más ambiciosos, estaban coloreados a lápiz. Eran colores delicados que hacía que los dibujos parecieran acuarelas.

Durante años, Olimpia había escrito a su padre. Aquel verano, escribió a Valentina. Sus cartas eran breves. No se le ocurría nada importante que contar. El Palermo cerró en agosto y Olimpia se mudó a un chalet de un pueblo cercano al lugar donde los Bosana tenían su residencia veraniega. Laura seguía pasando el verano allí y las dos amigas se veían con frecuencia. En la plaza del pueblo, y en ocasiones en los jardines del palacio de los Reyes, se celebraban veladas musicales y representaciones teatrales. Pero en el fondo aquellas veladas le resultaban insoportablemente monótonas a Olimpia.

Volvió a la capital antes de lo previsto y, a pesar del agobiante calor que reinaba en la ciudad, se entregó con celo a los preparativos de la nueva temporada del Palermo. Quería que Valentina Martín, que pronto regresaría, se sintiera feliz allí. Quería que su amiga percibiera la atención especial que había puesto en aquel rincón en el que se encontraba su mesa. El aplique de la luz, el perchero, el espejo, el mármol del velador, todo era allí ligeramente distinto. Tenía un tono más antiguo, más acogedor.

Valentina Martín volvió a finales de septiembre.

Aún hacía mucho calor. Olimpia había adelgazado y estaba pálida. Valentina había engordado un poco y su piel estaba bronceada. Olimpia parecía haberse echado encima los mismos años que Valentina parecía haberse quitado. En aquella ocasión, las dos señoras tomaron asiento a la vez. Si Valentina había llevado su cuaderno, no lo sacó del bolso.

Del languideciente verano se pasó a la tibieza y humedad de los primeros días del otoño. Valentina Martín iba al Palermo dos o tres tardes de la semana. Anotaba no se sabía qué cosas en su cuaderno. Después, en un gesto que ya tenía carácter de rito, su mirada se dirigía hacia el mostrador, en busca de Olimpia. Las dos señoras se pasaban un buen rato conversando animadamente. Cuando Valentina, tras echar una ojeada a su reloj de pulsera, se ponía en pie, Olimpia la imitaba, la ayudaba a ponerse la chaqueta o la gabardina, se hacía cargo del bolso entre tanto, recogía el paraguas, en caso de que Valentina lo hubiera llevado, y la acompañaba a la puerta, que ella misma abría y sostenía para dejar pasar a su amiga. Luego, también ella salía un momento a la calle.

Allí se despedían. Un abrazo y unos besos flotantes que no alcanzaban a posarse en la piel sellaban el adiós.

Era una despedida transitoria, pero Olimpia, cuando volvía a entrar en el local, tenía una extraña expresión en la cara. Ni tristeza ni alegría, quizá era nostalgia de algo que jamás había conocido y que Valentina parecía poseer: profunda capacidad de sentir, intensos deseos de confiar en alguien. Pasado ese instante de abatimiento, la sonrisa volvía al rostro de Olimpia.

Transcurrió una semana de vacío. Valentina no apareció por el local. Olimpia, que nunca había llamado por teléfono a su amiga, tras un ligero titubeo se decidió a marcar el número que, en una ocasión, había anotado en su agenda, junto al de otros clientes fijos del Palermo.

—La señorita Valentina está de viaje —dijo una voz de mujer.

—¿De viaje?, ¿dónde?, ¿no sabe cuándo regresa?

—Yo no sé nada —dijo la mujer—. En este momento, no hay nadie en la casa. Puede llamar más tarde, si desea hablar con la señora.

Era un domingo por la mañana. Llovía. Olimpia, de nuevo, llamó por la tarde.

Nadie contestó al teléfono.

No cabía pensar que Valentina apareciera el lunes por el Palermo, aún estaría de viaje. Pero el martes Olimpia estuvo más pendiente que nunca de la puerta. Nada. Tampoco apareció el miércoles, ni el jueves, ni el viernes.

Olimpia llamó a casa del hermano de Valentina Martín el sábado por la mañana, cerca de la hora de comer. La señorita no estaba. Olimpia pidió que le pusieran con la señora de la casa, a quien le expuso su extrañeza.

—Soy una buena amiga de Valentina —se presentó, sin entrar en detalles—. Solíamos vernos con cierta frecuencia. No quisiera incomodarla con mis preguntas, pero no acabo de comprender por qué no tengo noticias de ella. Estoy preocupada. Somos buenas amigas.

—La entiendo perfectamente, señora —dijo la voz, al otro lado del hilo telefónico—. Verá, es un asunto extraño. Valentina se encuentra bien, no tiene de qué preocuparse, pero ha tomado una decisión que nosotros mismos no acabamos de entender. Nos ha pillado por sorpresa. Verá, se ha retirado del mundo. Ha ingresado en un convento. Se ha metido monja, en fin. Parece increíble, pero es así. Hay personas que hacen esta clase de cosas. Puede que nos resulte raro, pero lo hacen. Quién sabe por qué. Claro que hoy en día no es tan habitual. Parece algo del pasado, ¿verdad? Me ha dicho que eran amigas, ¿la conocía mucho? Quizá a usted no le sorprenda tanto la noticia. No imaginábamos que Valentina fuera, en la actualidad, tan religiosa. Alguna vez, hace años, lo llegamos a pensar. Pero ahora no. No lo podemos entender. Claro que ha tenido una vida difícil, pero ahora parecía feliz. ¿Cómo se llama usted?, ¿puedo tutearla?

Olimpia, quién sabe por qué, estuvo a punto de dar un nombre falso. Todo aquello le sonaba demasiado extraño. Colgó el teléfono profundamente turbada. Las personas habían dejado de ser lo que eran. Las palabras que aquella señora le había dirigido sugerían la existencia de un mundo desconocido en el que Valentina se le escapaba, se le perdía.

De la noche a la mañana, Valentina Martín había dejado de existir. ¿Acaso había existido de verdad?, ¿qué sabía de ella, de su vida difícil y de sus actuales zozobras? ¿Cómo nos podemos enfrentar a una desaparición de esta naturaleza? La mente humana busca siempre razones, causas. Olimpia reproducía las conversaciones que se habían desarrollado entre ellas, repasaba las confidencias de carácter más íntimo. No podía comprenderlo. Valentina Martín, como aquella señora le había dicho por teléfono, parecía feliz. Olimpia recordaba que la misma Valentina lo había dicho alguna vez: el cambio de aires le había proporcionado una vida nueva, casi una identidad nueva. Tenía que haber sucedido algo sumamente grave. No se toma la decisión de desaparecer de la vida normal y corriente sin más ni más. ¿Qué era lo que había sucedido? Y, sobre todo, ¿por qué Valentina no le había dicho nada? La había excluido de su vida de un plumazo. Quizá no llegara a ser una traición, pero hacía tanto daño como si lo fuera.

La desaparición de Valentina dejó a Olimpia sumida en una profunda tristeza. Hasta ese momento, había sufrido algunos desengaños amorosos, pero, en comparación con el dolor que ahora sentía, quedaban reducidos a nada. Aquello habían sido pequeños contratiempos, frustraciones leves, ligeros reveses sufridos en su orgullo, en su amor propio. Nada.

Y nada cabía hacer, sino reponerse, seguir adelante. Todo lo más, esperar.

A veces, a Olimpia se le pasaba por la cabeza la idea de aparecer a las puertas del convento en el que se había recluido Valentina –primero, habría que volver a llamar a la mujer del hermano de Valentina y preguntarle qué convento era ese y dónde se encontraba, lo que para Olimpia suponía actuar en contra de sus principios, ya que era totalmente contraria a tomarse excesivas confianzas con las personas a quienes apenas conocía–, y conseguir, como fuera, entrar y hablar con ella. Pedirle explicaciones. Pero la escena del posible encuentro con Valentina se esfumaba. Olimpia se veía a sí misma golpeando una aldaba o tirando de una cuerda para que sonara una campanilla o apretando sin parar un timbre, incluso traspasando el umbral de la puerta, accediendo a un zaguán húmedo y oscuro, hablando con una monja y esperando luego a Valentina. Pero no podía imaginar nada más. Valentina había desaparecido.

Olimpia, puede que para distraerse, empezó a hacer inversiones en el campo de la inmobiliaria. Desde las primeras lecciones relacionadas con el amplio universo de los negocios que había recibido de don Arsenio, hasta su experiencia en el Palermo, que no podía haber sido más satisfactoria, había transcurrido mucho tiempo. Poco a poco, en paralelo a sus actividades de tipo económico y financiero, su vida sentimental fue cobrando un nuevo curso. A Olimpia le gustaba tener a su alrededor una pequeña corte de amigos, con quienes tenía diferentes grados de confianza y de intimidad, que actuaban como una especie de pararrayos contra las inclemencias de la sociedad. Eran hombres influyentes, poderosos en unos u otros sentidos, capaces, en todo caso, de servir a Olimpia de pararrayos, paraguas y cobijo.

La figura de los protectores se complementaba con la de los protegidos. La necesidad de Olimpia de sentirse protegida, amparada, fue debilitándose mientras en su interior surgía, imparable, la necesidad de proteger. Fue por entonces cuando todos empezaron a llamarla la Madrina.

La mediación de Olimpia en una negociación, del tipo que fuera, determinaba el éxito de la misma. En el Palermo se llevaban a cabo grandes acuerdos y compromisos. Solo Dios sabe cuántos y de cuánto alcance llegaron a cerrarse en el local de la Madrina. El Palermo fue un centro neurálgico de muchas de las operaciones que se llevaron a cabo durante aquellos años.

Fueron años de bonanza, de prosperidad. La vida de Olimpia estaba perfectamente resuelta. Su cuenta en el banco aumentaba de día en día. Sus inversiones fructificaban. Olimpia observaba atentamente cuanto se producía a su alrededor. La sociedad estaba cambiando. Muchas de las costumbres que en el pasado se consideraban casi licenciosas o francamente libertinas empezaban a ser practicadas con normalidad por personas de todas clases, sin excepción.

Quienes más se habían distinguido por su conservadurismo eran quienes ahora más alardeaban de su modernidad.

El ambiente que el Palermo había ofrecido a lo largo de los casi veinte años de su existencia se había quedado algo anticuado. Era el momento de la retirada. Olimpia obtuvo por el local una importante suma de dinero. Adquirió una bonita vivienda en una urbanización de lujo, en la zona norte de la capital, y se concentró en los negocios inmobiliarios.

Para la operación de venta del local, Olimpia contó con la inestimable e incondicional ayuda de Cosme Arribas, quien, desde ese momento, se convirtió en su protector oficial. Había sido cliente fijo del Palermo y tenía por su dueña una acusada inclinación que no se molestaba en disimular. No hacía falta. Era viudo desde hacía años. Vivía con su hija, casada y con hijos, en una de las casas más amplias y modernas de la urbanización de lujo en la que Olimpia se había instalado.

Cosme Arribas era de carácter extrovertido, amante de la familia y de las diversiones. Los fines de semana organizaba fiestas. En verano, con barbacoa y muchos chapuzones en la piscina. En invierno, en la sala de baile de la primera planta, que estaba provista de buena calefacción y que contaba, además, con dos grandes chimeneas de mármol en las que, con ocasión de los bailes, crepitaban suavemente los troncos en llamas. Ya fuese en el jardín o en la sala de las chimeneas, la música estaba siempre presente. Era lo fundamental. Cosme Arribas no bailaba, pero seguía el ritmo de la música con los dedos de la mano y con la cabeza, y animaba a todos a bailar, mientras él iba de aquí para allá, derramando atenciones y alegría. Quería que todo el mundo se lo pasara muy bien.

El aspecto físico de Cosme Arribas se encontraba en perfecta adecuación con su personalidad. Su estatura estaba por encima de la media, lo que le ayudaba a sobrellevar esos kilos de más que se resistían a abandonarle, los rasgos de su cara eran muy pronunciados y sus gestos exagerados. Rodeado de gente, su presencia destacaba. Aun a cierta distancia, se le podía distinguir. A Olimpia le recordaba a ciertos estereotipos de los cabeza de familia isleños. Los negocios de Cosme Arribas estaban relacionados con el mundo de la inmobiliaria –en ese ámbito coincidían con los de Olimpia–, del espectáculo –era propietario de, al menos, dos teatros– y del deporte –había fundado un club de fútbol–, y tenía vínculos con una importante cadena de hoteles.

Este hombre tan vitalista y poderoso había acariciado la idea de contraer matrimonio con Olimpia, y, pasado un tiempo prudencial, se lo pidió de forma solemne. Olimpia escuchó la propuesta, y la agradeció, halagada, pero manifestó que se encontraba a gusto como estaba, viviendo sola y siendo independiente. Por lo demás, vivían muy cerca. Había que pensar también, añadió Olimpia, en la hija de Cosme, que vivía en la casa paterna con toda su familia, y, en el caso de que el padre contrajera matrimonio, podría sentirse incómoda por tener que convivir –y compartir responsabilidades domésticas– con la nueva mujer de su padre. Olimpia se llevaba muy bien con la joven, a quien solo llevaba algunos años, y aquel cambio pondría en grave peligro su amistad. Mejor dejar las cosas como estaban.

Fue precisamente Carola, la hija de Cosme Arribas, la responsable de que Baldomero Jiménez entrara en la vida de Olimpia. Carola, que se sentía íntimamente agradecida por la negativa de Olimpia a casarse con su padre, lo que hubiera acarreado todo tipo de problemas, siempre le traía recuerdos de sus viajes por el mundo, ya que era una gran viajera, o simplemente le hacía regalos de forma inesperada y fortuita. El caso fue que una mañana Carola Arribas y Baldomero Jiménez aparecieron en la casa de Olimpia y depositaron en el suelo un mueble de marquetería –la marquetería, después del carey, era la gran debilidad de Olimpia–, un costurero en forma de baúl y con innumerables compartimientos en su interior.

Poco después, colocado el mueble en su sitio, y sentados todos en la sala destinada a las visitas de confianza, dando cuenta de un delicioso aperitivo, Olimpia fue considerando que, si bien el costurero era una pieza bellísima, el que había sido su portador, un encantador ejemplar del sexo masculino de la raza humana, no le iba a la zaga. Cada cual en su género.

Si esta historia pudiera contarse desde el punto de vista del costurero, empezaría aquí, y sería mucho más corta, y seguramente el costurero nos proporcionaría unos detalles que nosotros no podemos saber. En todo caso, los costureros, por bonitos que sean, no hablan. El caso fue que Baldomero, a partir de aquel día, visitó diariamente a Olimpia y se convirtió, hasta el final de su días –y el final de este relato– en su más fiel y leal confidente. Los ojos de Baldomero le recordaban a Olimpia a los de Valentina. Y a los de alguien más. Olimpia le hizo a su nuevo amigo muchas preguntas sobre su vida. Al fin, dio con la clave. Los padres de Baldomero aún vivían. Se habían retirado al campo, donde disfrutaban plácidamente de la naturaleza, tras haberse dedicado durante largos años a cuantos trabajos estaban a su alcance para asegurar el futuro de sus hijos. Olimpia no tardó mucho tiempo en darse cuenta de que ese Baldomero era hijo de Damián, su primer amor. No le pareció nada extraño. La vida está llena de esta clase de casualidades.

A partir de ese momento, Olimpia se dedicó en cuerpo y alma a ser madre de Baldomero.

La tarea de escoger para su protegido una esposa adecuada llevó a Olimpia mucho tiempo. Tal como le había sucedido en su propio caso, cuando, respondiendo a las recomendaciones de su padre, había explorado la posibilidad de contraer matrimonio con un hombre rico y poderoso, fue desechando una opción tras otra. Tenía una capacidad especial para detectar fallos que resultaban invisibles para los demás. Sabía traspasar la superficie, llegaba hasta el fondo. Buscaba cualidades esenciales para las que no existen nombres apropiados.

¿Cómo puede definirse la bondad, la lealtad, la generosidad, la capacidad de amar y comprender a los otros? La Madrina era consciente de la dificultad de la empresa, pero se aplicó a ella con tanto tesón como esperanza.

No había sido su propósito, quizá se trató de un capricho del subconsciente, pero el caso fue que Olimpia dio con lo que buscaba en el seno de la más rancia aristocracia. Los duques de Las Almenas y de Campo Grande tenían una única hija, que era un prodigio de belleza e ingenio. Por alguna razón que solo la nobleza entiende, el título que recaería sobre ella a la muerte de sus padres era el de duquesa de Campo Grande. El ducado de Las Almenas, quién sabe por qué, se iría hacia otra parte. Como a su alrededor esto lo sabía todo el mundo, a la joven todos llamaban ya, aunque no lo fuese, Duquesa, empezando por su propia madre. La boda se celebró a primeros del mes de julio, en la iglesia de La Misericordia Divina, un mediodía de sol deslumbrante. La Madrina no ejerció de madrina, ni se quiso sentar en el banco destinado a los familiares de los novios. Tampoco se unió a los grupos que se formaron en el atrio de la iglesia para ser fotografiados junto a los novios o incluso sin ellos. Sin embargo, salió en varias fotografías, aunque no hubiera posado expresamente para ellas. Su figura atraía a las cámaras. Emanaba una autoridad única. Su edad no era fácil de determinar. Debía de tener muchos años, pero en absoluto era una anciana. ¿Cuántos años son muchos? No llegan a ser muchos hasta que, de pronto, parecen demasiados. La Madrina aún no había alcanzado ese punto, pero estaba muy cerca. Contemplaba a los novios, que descendían lentamente del brazo por la soberbia escalinata de la iglesia, como si la pareja fuera una obra salida de sus manos. Se había encargado de la elección —y del pago— del impresionante traje de raso color marfil de la novia. Los duques de Las Almenas y de Campo Grande habían aceptado, complacidos, ese y otros ofrecimientos que había hecho la Madrina concernientes a la celebración del enlace matrimonial de su hija. No andaban muy sobrados de dinero líquido.

Aquel había sido un día glorioso. Incluso el calor no resultaba excesivo. A la sombra de los árboles, corría una pequeña brisa. El banquete se celebró en una finca escondida de toda mirada, a unos kilómetros de la capital. Las mesas, las sillas, las flores, la música... Todo había sido supervisado por la Madrina. Como maestra de ceremonias, no tenía rival. Pidió al fotógrafo que realizara un reportaje detallado de aquel esplendoroso acontecimiento. El álbum que contenía todas aquellas fotografías entró a formar parte, para siempre, del mobiliario de su casa. A la Madrina le gustaba tenerlo a mano. Lo abría de vez en cuando. No se había casado, pero tenía esa boda en su haber. Era obra suya.

Baldomero visitaba a Olimpia con frecuencia, muchas veces solo, para hacerle una consulta determinada, o en ratos perdidos y sin motivo concreto. «Ha venido el duque», anunciaba la doncella. Era un duque imaginario y perfecto, educado, cordial, siempre con palabras amables para todos. En casa de la Madrina, tenía el paso franco. Si cuando se presentaba sin haberlo anunciado previamente no se encontraba en casa la Madrina, le hacían pasar y le invitaban a instalarse donde mejor le pareciera. El duque iba y venía por las habitaciones de la casa como si fuese de su propiedad. La cocina era uno de sus lugares predilectos. Se sentaba junto a la gran mesa de madera, en la que la cocinera estaba haciendo su tarea, y entablaba conversación con ella o con quien fuera que pasara por allí.

Olimpia tuvo, entonces, una nueva oportunidad de hacer revivir el pasado que había conocido y convertirlo en una realidad nueva. En cierto modo, de transformarlo. Los duques habían recibido de sus padres, como regalo de boda, un magnífico pero decrépito palacio en el centro de la capital. La Madrina había sido consultada al respecto. No merecía la pena aceptar el regalo si no se disponía de dinero suficiente para acometer una profunda obra de modernización. Olimpia se comprometió a correr con los gastos. No había imaginado que en la última etapa de su vida fuera a tener una oportunidad semejante. Los palacios de su ciudad natal, en continuo deterioro, volvieron a tomar cuerpo en su cabeza. El palacio de los duques, de Baldomero, su protegido, su hijo adoptivo, se salvaría de la decadencia. No tenía otro deseo que devolver al palacio el esplendor perdido. Un esplendor que no se quedaría en eso, en mero esplendor. Sería un lugar habitable, acogedor.

No había prisa. En casa de los padres de la novia había sitio de sobra para que viviera la nueva pareja. Olimpia se involucró con apasionado entusiasmo en las obras de remodelación, que duraron varios años. Entre tanto, la joven duquesa, tras dos embarazos, dio a luz a sendos niños. En el momento en que los duques se trasladaron a su nueva, cómoda y esplendorosa vivienda, la familia se componía de cuatro miembros. Tras los dos niños primeros, vinieron otros dos bebés. Esta vez se trató de niñas.

143

Para hacer frente a los gastos de mantenimiento del inmueble, y por recomendación expresa de la Madrina, el palacio se abría al público en determinadas fechas y en determinado horario y el público debía pagar por la visita. La duquesa se encargaba personalmente del buen funcionamiento de aquellas visitas.

Pero la pasión de la duquesa eran las fiestas. No siempre consultaba a la Madrina sobre los invitados o sobre uno u otro aspecto de la fiesta, pero nunca dejaba de invitarla. La Madrina, por su parte, no acudía a todas las fiestas que se celebraban en el palacio de Campo Grande. En general, eludía las de carácter familiar. Le aburría encontrarse con la pequeña multitud de parientes de una y otra parte de la familia que, de no haber sido por ella, no habrían tenido ocasión de disfrutar de la hospitalidad palaciega que se les brindaba, al menos, un par de veces al año. No podía evitar sentir cierto resentimiento hacia los grupos familiares. Los duques eran su familia, esa había sido su decisión. Pero no todos los demás.

A las fiestas de carácter más social, la Madrina asistía siempre. La remitían a una infancia que no había vivido pero que había imaginado innumerables veces. Lanzaba una rápida ojeada por la sala y se abría paso lentamente entre los invitados, saludaba con la mano, inclinaba un poco la cabeza, sonreía al infinito. En las fiestas, y muy en especial en las más fastuosas, la duquesa alcanzaba una especie de cima.

Después de deambular por diversos salones, los invitados se sentaban alrededor de una mesa de enormes proporciones, ricamente vestida y adornada, en la que se disponían los platos, las copas y los cubiertos de las mejores porcelanas, cristales y metales. La mesa era larga y estrecha. Los duques se sentaban, uno frente al otro, en el centro de cada uno de los largos lados, por lo que no les separaba una gran distancia y podían, si no hablarse –para eso tendrían que dar gritos–, sí mirarse y hacerse discretos gestos de complicidad.

La duquesa era una anfitriona perfecta. Comía muy poco, bebía muy poco, se inclinaba levemente a uno y a otro lado de la mesa para atender a sus invitados más próximos, miraba dulcemente. Era perfecta. Llevaba siempre vestidos ceñidos, peinados discretos, zapatos de medio tacón. Los ojos, muy negros, se destacaban en su cara delgada y pálida. Se pintaba los labios de rojo oscuro, casi granate. Utilizaba pendientes, anillos y pulseras, pero nunca collares.

¿A cuántas cenas como esas había asistido la Madrina? No llevaba la cuenta de esas cosas. Habían pasado los años sin que ella se hubiera detenido a contarlos. Tampoco la edad tenía tanta importancia. Los años, la edad, las dolencias, las enfermedades... Sí, allí estaban, pero no convenía fijarse mucho en eso. Lo que cuenta es el frío o el calor, el fuego en la chimenea o la sombra de los árboles. Ese es el único y verdadero tiempo, el tiempo humano, otras circunstancias de la vida. Cuando acudes a una fiesta, no te detienes a pensar en qué año vives sino en si es otoño o primavera, miras las hojas de los árboles y el cielo y los vestidos de la gente.

Era otoño, y las hojas de los árboles empezaban a formar una alfombra sobre las calles. Por mucho que no se quiera reflexionar sobre el tiempo, el otro tiempo, el que corre y se escapa, el que nos va quitando cosas, el que siempre queda atrás, el otoño nos empuja a hacerlo. Olimpia, inmersa en la atmósfera otoñal, se había permitido sentirse un poco melancólica. Dudaba, incluso, si salir a la calle.

A la puerta de su casa, la esperaba Lorenzo, el chófer, sentado al volante del viejo Mercedes que ella se empeñaba en mantener, en lugar de cambiarlo por otro modelo como todos, el duque incluido, le recomendaban. Ya no estaba para cambios. Si tuviera energías para cambiar algo, se cambiaría de casa. Se iría a vivir al centro, a un piso pequeño en el que hubiera muy pocas cosas. Pero no lo haría. La sola idea del traslado la estremecía. Iría a la cena de los duques, desde luego, pero se permitía ese rato de duda. Ya estaba arreglada, podía salir en cualquier momento, pero necesitaba sentir la vacilación en su interior. En eso consistía la vejez, se dijo. En seguir haciendo la vida de siempre pero de otra manera. Con esa desgana interior, con esa vacilación.

Llegó a la fiesta con algo de retraso. Los invitados, que habían sido recibidos en el primer salón, el de las columnas, donde se les había servido un aperitivo mientras ellos se saludaban entre sí y pronunciaban las frivolidades de rigor, estaban ya pasando al comedor, y algunos de ellos revoloteaban alrededor de la gran mesa alargada, en busca de la tarjeta con su nombre que indicaba su lugar. La Madrina no se detuvo a saludar a nadie. Enseguida divisó al duque, que avanzó hacia ella a grandes pasos, la tomó del brazo y la condujo a su sitio en la mesa. Mientras empujaba la silla para que ella tomara asiento, el duque inclinó la cabeza y susurró:

–Presta algo de atención al caballero de tu izquierda. Lo he escogido especialmente para ti. Te gustará. El de la derecha tampoco está mal. Es muy amable, pero algo pesado. No le hagas demasiadas preguntas, cuando se pone a hablar no calla.

Según el duque, todo el mundo quería sentarse al lado de la Madrina.

El caballero de la izquierda aún no había tomado asiento, permanecía de pie, pegado a su silla, a la espera de que el duque hiciera ese vago gesto en el aire que transmitía la señal de que ya podían sentarse todos. La Madrina, debido a su edad, pero también a su indiscutible autoridad, no se regía por esas normas. Ella ya estaba sentada y saboreaba el vino blanco que un camarero invisible había dejado cerca de su mano. Bebía rápidamente el contenido de las copas, excepto el agua. Un camarero se dedicaba, casi exclusivamente, a volver a llenar su copa de vino, fuera ese blanco, el tinto o el espumoso, lo que tocara.

En las fiestas de los duques, la Madrina bebía. Nunca había llegado a emborracharse de verdad, se mantenía a flote con cierto nivel etílico en el cuerpo, y se abandonaba un poco. No era el momento de la observación, como quizá imaginaban otros, que la tenían por mujer controladora y puntillosa, sino del simple estar ahí.

Recordó la sugerencia del duque. Tenía que hablar con el vecino de la izquierda. ¿Por qué había dicho el duque que le iba a gustar? Desde luego, se trataba de un hombre apuesto, pero muy mayor. Los ancianos nunca le habían interesado a la Madrina, ¡ahora le interesaban menos que nunca!, ¡no quería saber nada de quejas ni de lamentaciones! Lo miró con más atención. Tenía una expresión jovial. Decidió esforzarse un poco. Trabaron conversación y la Madrina se sorprendió hablando animadamente y con alegre ironía de la suficiencia con que hablaban de vinos los pretendidos expertos. ¡Todo el mundo era, en la actualidad, experto en vinos! Del vino pasaron al teléfono móvil, otra moda del momento, que amenazaba con cambiar la vida o, al menos, muchas de las buenas costumbres. Por ejemplo, estabas tan a gusto conversando con alguien, de pronto sonaba su teléfono móvil y, asombrosamente, tu interlocutor se desentendía de ti y respondía a la llamada, a la que dedicaba toda su atención y el tiempo que hiciera falta. En fin, tú pasabas a un segundo plano, lo que en realidad equivalía a que dejabas de existir. ¿Era esa la educación que nos habían enseñado nuestros mayores?

—Sin embargo —dijo la Madrina—, yo misma tengo teléfono móvil. En casa, no lo utilizo, pero cuando salgo, lo meto siempre en el bolso. Pienso que es así como debe utilizarse, como una especie de reserva para situaciones de emergencia.

El vecino de mesa sonrió con complicidad y le mostró a la Madrina su propio teléfono móvil, que sacó del bolsillo interior de su chaqueta. Los dos rieron.

Se llamaba Eladio. Era abogado, pero entendía mucho de finanzas, ese mundo inaprehensible que también interesaba a la Madrina y que a la mayor parte de los mortales resulta indescifrable. Ambos manejaban con soltura expresiones relacionadas con oportunidades de inversión, alzas y bajas de la bolsa, variaciones de la prima de riesgo y cosas por el estilo.

—Voy a hacerle una confesión —dijo Eladio—. Es la primera vez que me río desde hace tiempo. La primera vez que he conseguido salir de mí mismo desde la muerte de mi hermana, que me causó un dolor increíblemente profundo. Me hundió en una depresión terrible.

—Te entiendo —dijo la Madrina, apoyando ligeramente su mano en el brazo de su nuevo amigo—. No hay mayor misterio que el de la muerte. Perdí a mi padre en plena juventud, y, aunque llevaba años sin verle, su muerte me sobrecogió. A mi madre la perdí mucho antes, cuando era una niña. —Los ojos de la Madrina se humedecieron—. He vivido sin la protección de los padres —concluyó, con voz temblorosa.

—Mi hermana era una persona muy singular —dijo Eladio Martín—. Nuestros padres murieron, uno tras otro, cuando mi otro hermano y yo ya teníamos la vida hecha. Nuestra hermana nunca pudo decidir por sí misma, y cuando parecía estar en condiciones de hacerlo, se metió monja, eso nos dejó estupefactos. Pero nuestro asombro aún fue mayor cuando, al cabo de unos años, salió del convento. En realidad, su vida ha sido un milagro, de pequeña tenía mala salud, pero luego fue una anciana llena de energía. Nos superaba a todos.

—Tu hermana... —susurró la Madrina, presa de una terrible intuición–, ¿cómo se llamaba?

—Valentina.

—Así que salió del convento... La conocí, sí, venía mucho por el Palermo. Nos hicimos amigas.

La mirada de la Madrina quedó atrapada en las copas que contenían el agua y los vinos, a unos centímetros de sus ojos, justo enfrente, al otro lado del plato, ¡qué bonitos colores!, ¡qué agradables placeres prometían! Refrescar la garganta, dar calor al corazón, avivar el alma. Todo eso estaba allí, pese a todo.

—¿Por qué razón se metió monja? —preguntó Olimpia.

—Había una razón —dijo Eladio, en tono muy serio y casi en un murmullo–. Nosotros, sus hermanos, no lo sabíamos. Lo hemos sabido recientemente. Al fin, ella nos lo dijo. Se enteró de algo, no sabemos cómo. En el pasado, había sucedido un hecho terrible, un drama familiar referido a nuestra madre. Eso la afectó de forma extraordinaria. Decidió dar un giro radical a su vida. Renunciar a ella, en suma. Quería dedicarse a la oración, a la expiación de una culpa que, evidentemente, no era suya, pero, en su desvarío, la hizo suya. Puedo entenderlo, en el fondo. Si usted llegó a conocerla, no sé, quizá lo entienda también.

Eladio se quedó callado. La conmoción había regresado a él. Olimpia no se atrevió a preguntar nada más.

El hombre que estaba sentado a la derecha de la Madrina aprovechó aquel silencio para dirigirle la palabra.

—Es un honor para mí estar sentado a su lado —dijo, con voz aterciopelada–. Se lo pedí al duque. Déjeme que me presente. Soy Fernando Calasanz, ¿le suena de algo el apellido?

–¡Pues claro! –dijo la Madrina–. ¿Cómo no me iba a sonar? ¿Eres sobrino de Graciela? Fuimos buenas amigas.

–Lo sé –sonrió el joven–. Lo decía a menudo: usted le cambió la vida. Si no llega a ser por usted, habría pasado los últimos de su vida en aquel local tan lúgubre, rodeada de trastos viejos, a la espera de unos clientes que solo querían regatear, llevarse una ganga. Fue feliz gracias a usted.

El joven siguió hablando. La Madrina no podía escucharle. Si hubiera tenido fuerzas, se habría levantado de la mesa y se habría marchado de allí. ¿Cómo era que todos se habían confabulado para que el pasado volviera a su memoria? No solo a su memoria. A su corazón.

Un drama familiar que se refería a la madre de Valentina, eso era lo que había conmocionado a su amiga, y de una forma tan terrible que no había podido seguir con su vida de siempre. No había dado ninguna explicación. Ni a sus hermanos, ni a ella. Se había retirado del mundo sin más, súbita y calladamente. ¿Qué clase de drama había ocurrido?

La pregunta se quedó atascada en su garganta. La Madrina se había quedado sin voz. No tenía fuerzas para levantarse de la mesa y no tenía fuerzas para hablar. El pariente –un sobrino remoto, probablemente– de Gabriela Calasanz se encontraba ahora conversando con la persona que se encontraba a su derecha. El hermano de Valentina, a su vez, estaba conversando con la persona sentada a su izquierda.

Al otro lado de la mesa, casi enfrente de la Madrina, la duquesa sacó de su diminuto bolso de mano, que reposaba sobre su regazo y que resultaba invisible para los comensales, una polvera y un lápiz de labios. La cena estaba a punto de concluir. Esa era la señal.

La duquesa abrió la polvera, se retocó un poco la nariz y se repasó los labios con el carmín. Hecho lo cual, sin levantar la vista tomó entre sus manos el teléfono móvil –que quizá había sido sacado del bolso al mismo tiempo o que se escondía bajo la servilleta– y deslizó un dedo por la superficie. La Madrina leyó en sus labios: «Baldomero, ya.» El duque se puso en pie y dio por finalizada la cena.

A pesar del estado de confusión en que se encontraba, la Madrina no pudo dejar de sentir una gran admiración por la duquesa. Sin duda, el duque habría sentido la vibración del teléfono en su bolsillo en el preciso instante en que la duquesa, tras retocarse la cara, había deslizado el dedo por su superficie y había movido, quizá involuntariamente, los labios para deletrear la frase que había escrito y enviado al duque: «Baldomero, ya.» ¡Qué sintonía!

El camarero ayudó a la Madrina a levantarse y le ofreció su brazo para acompañarla al salón contiguo, donde se tomaba café y se ofrecían licores. A sus espaldas quedaron los dos hombres, el joven y el hombre maduro, que la habían transportado de golpe a un pasado dejado atrás hacía mucho tiempo. Aquella desconexión había sido fruto de un enorme esfuerzo. ¿Cómo podía ser que al cabo de los años le causara un desconcierto tan profundo?

Apoyada en el brazo del camarero, la Madrina arrastró sus pasos hacia la ventana y tomó asiento en una de las butacas que se habían dispuesto, acompañadas de mesas bajas, en uno de los extremos del salón.

Otro camarero le tendió la bandeja con las pequeñas copas de los licores ya servidas. La Madrina pensaba que las copas eran ridículamente pequeñas, pero no se le ocurría decírselo a la duquesa, que trataba de economizar en ese tipo de cosas. Por lo demás, con aquellas copas tan pequeñas –que no se servían llenas–, los invitados bebían menos y disminuía el peligro de que el salón se llenara de borrachos.

La Madrina fijó los ojos en una de las invitadas, una mujer muy elegante que había dejado su bolso sobre una de las mesas y que sostenía entre las manos un teléfono móvil. El duque, muy cerca de la Madrina, tenía la mano posada sobre el bolsillo de la chaqueta y parecía ejercer sobre ella una leve presión. La Madrina lo supo: el teléfono móvil de su protegido estaba vibrando. Buscó con la mirada a la duquesa, que escuchaba con expresión ausente, pero amable, a un anciano interlocutor. El duque, de pronto, estaba junto a la mujer elegante.

Una figura oscura se cruzó en su ángulo de visión: el comensal que se había sentado a su izquierda, el hermano de Valentina. Se acercó a ella lenta, tímidamente. La Madrina le hizo un gesto con la mano, animándole a sentarse a su lado. Sacó fuerzas para hablar. Su voz sonó algo temblorosa.

—No sé si querrás contestar a la pregunta que te voy a hacer —dijo la Madrina—. Tu hermana fue una persona importante para mí. Nunca pude comprender que desapareciera sin más ni más. Antes has dicho que fue un drama familiar lo que la llevó a tomar la decisión de retirarse del mundo, ¿qué fue lo que pasó?, ¿qué descubrió Valentina?

—Se lo diré, sí —dijo Eladio, tras una pausa—. No tiene sentido ocultarlo. Sabe Dios por qué ella no se lo dijo, pero el azar ha querido que nos conozcamos esta noche en la que usted me hace esta pregunta. —Hizo otra pausa y respiró hondo—. La muerte de nuestra madre no se debió a causas naturales —siguió—. Se quitó la vida. En la familia lo ocultaron celosamente, pero Valentina lo supo. No sabemos cómo se enteró, quién se lo dijo. En aquel momento, Valentina no quiso decirnos nada. Decidió dejar el mundo a sus espaldas y dedicar su vida a rezar por nuestra madre y por todos nosotros, por todas las personas desgraciadas.

—Pero finalmente os lo dijo.

—Cuando salió del convento sí. Comprendió que nos lo

tenía que decir, que esa clase de secretos hacen mucho daño. Creo que eso fue una gran liberación para ella.

¿Por qué no me buscó?, se preguntó Olimpia, sintiendo que su voz se quedaba de nuevo ahogada en el fondo de su garganta. ¿Cuándo había sido aquello? Ya no existía el Palermo, eso seguro. De lo contrario, Valentina habría aparecido por allí. Pero, si Valentina hubiera querido verla, habría preguntado aquí y allá y habría dado con ella. Olimpia no se había retirado del mundo, aunque su mundo se había ido reduciendo año tras año. Quizá Valentina había preferido que las cosas se quedaran así. Un recuerdo que no podía ser resucitado. ¿Y ella?, ¿no había hecho ella lo mismo? Valentina, finalmente, había desaparecido de la vida de todos y se había llevado con ella todos sus misterios, sus dramas y sus ilusiones.

Pero quizá las cosas fueran mucho más sencillas. ¿Por qué siempre había dado por supuesto que ella significaba para Valentina lo mismo que Valentina significaba para ella? Las cosas, muy posiblemente, no habían sido así. Había sido ella quien había llenado de significado, de un amor profundo, su amistad con Valentina. Solo ella.

Se sintió conmovida hasta las lágrimas, que trató de disimular. ¿Qué importaba en el fondo qué sentimientos había albergado Valentina? Eran los suyos los que contaban, hubieran sido entendidos o no. Era ella la que se había entregado al amor.

Olimpia se vio a sí misma y se reconoció soñadora, muchas veces equivocada, se reconoció como la joven de quince años que había sido trasplantada de su país natal a un nuevo y desconocido país, en el que había tratado de echar raíces. ¿Raíces?, ¿pueden las personas echar raíces en la tierra?, ¿en el corazón de otras personas? Las vidas de los demás siempre se nos escapan. Nuestras historias con ellos —los otros, los desconocidos, los objetos del deseo, del amor, de nuestras obsesiones– no llegan nunca a concluirse. Al concluir, las historias mueren. Ojalá siguieran sucediendo cosas y no se llegara nunca al final. La joven soñadora seguía dando pasos hacia un horizonte inalcanzable. En ese momento, lo incomprensible de la vida se volvía inusitadamente diáfano, casi transparente. Desaparecía.

Los contornos de la sala aleteaban, desdibujados. Los ojos de la Madrina volvieron a enfocarse en la mujer elegante, a quien, sin embargo, veía con toda claridad. Se había unido a un grupo de personas que parecían mantener una conversación muy entretenida. El secretario de los duques se acercó a la Madrina, y tras detenerse un momento, como si quisiera comprobar que no interrumpía ninguna conversación –no lo hacía, la Madrina y el hermano de Valentina Martín se habían sumergido en un profundo silencio–, se inclinó un poco hacia ella y le preguntó si todo era de su agrado, ¿se había fijado en la cristalería nueva? La Madrina asintió, pero no era verdad, no se había fijado. Era muy parecida a la otra, decía el secretario, levemente distinta, sí, también de estilo antiguo. Había habido que reponerla, en cada comida se rompían media docena de copas por lo menos.

El secretario esbozó una pequeña reverencia y se fue. Eladio Martín sonrió a la Madrina con complicidad, como si aquel pequeño hecho le hubiera dado la clave de algo importante y quisiera hacerle saber a la Madrina que, se tratara de lo que se tratara, él estaba de su parte.

La Madrina asintió levemente con la cabeza y volvió a enfocar la mirada en el punto del salón donde, rodeada de varias personas, se encontraba la mujer elegante. La duquesa también estaba allí. Pero se despegó enseguida del grupo y se dirigió hacia una de las ventanas. El duque salió de alguna parte y se reunió con ella. Durante unos segundos, miraron juntos el paisaje. Se volvieron hacia sus invitados. Empezaron a estrechar manos. La fiesta había concluido.

154

La mujer elegante, después de estrechar la mano de los duques, echó a andar en dirección a la puerta. Se balanceaba al andar, casi bailaba. Un hombre se quedó mirándola, pero ella siguió, muy despacio, hacia delante.

Algo estaba pasando, se dijo Olimpia, algo que ella nunca conocería. Una historia que no pertenecía a su mundo, como tantas otras. Una historia tan insignificante –y tan importante– como todas las historias que se habían sucedido en su vida. Una historia que se hacía muy despacio, como si el tiempo que nos es concedido a cada uno fuera inacabable. Esas eran las únicas historias que importaban de verdad, no el presente que hemos construido con tenacidad y paciencia. Pero el tiempo, en todos los casos, puede esfumarse de golpe. Cuando ya todo el mundo cree que va a durar eternamente, llega a su término. Pero, en nuestra mente, en nuestra imaginación, puede seguir hasta el infinito.

4. *NOLI ME TANGERE*
(DÉJAME MARCHAR)

El doctor Fredi Llosa, médico de cabecera —así era como a él le gustaba presentarse—, desde que hacía poco más de dos años su mujer, Lisa Gangs, científica de renombre, le había expresado su deseo de vivir separada de él, había ido relajando su rutina y dando entrada en su vida a hábitos y costumbres cercanas a lo que algunas personas de moral estricta llamarían una vida disipada, pero que en realidad solo significaban adentrarse en la noche durante un par de horas y pasarse un poco con la dosis de alcohol que el cuerpo puede soportar sin dramatismos. Algo sumamente relativo.

Lisa Gangs, tras la ruptura, se fue a vivir a un lugar remoto con el objetivo de trabajar en un laboratorio de alto nivel en el que había pasado previamente algunas temporadas, y donde, por lo que Fredi sabía, había hielo por todas partes, ciertas especies de animales polares y muy pocos seres humanos, todos muy raros, científicos estrafalarios, personas inadaptadas, seres locoides que —eso lo ponía Fredi de su parte— se comunicaban entre ellos con gruñidos, monosílabos y miradas torvas.

Fredi Llosa, por las mismas fechas, se había instalado en una modesta pero digna casita que había sido engullida, junto a una o dos veintenas de otras semejantes, por la gran ciudad, en la que se gozaba de un moderado clima continental. En aquel barrio de aire pueblerino, el doctor Llosa se encontraba a sus anchas. La vecindad contaba con un parquecillo, un café, una farmacia, un pequeño supermercado, una tienda donde vendían libros, periódicos y ramos de flores, y una pequeña iglesia muy antigua, cuyas puertas estaban siempre cerradas y en la que no se realizaban ceremonias religiosas. Sin embargo, el Ayuntamiento —o una institución privada— la mantenía iluminada. Era una reliquia. Daba carácter a La Colonia.

Desde que Fredi Llosa se había instalado en aquella acogedora casita, no había viajado por el mundo, cosa que había hecho en demasía mientras había compartido su vida con Lisa, que siempre estaba yendo de aquí para allá y que ponía mucho empeño en que él la acompañara. ¿Para qué? Para que se ocupara de los trámites del viaje y arrastrara las maletas por los aeropuertos, esa era su gran utilidad. Lisa sonreía y negaba con la cabeza. Si solo fuera por eso, alegaba, contrataría a un ayudante o viajaría con su secretaria, que era una mujer de probada eficacia y fortaleza. No era por eso —o no era solo por eso—, sino por lo mucho que se reía con él. Ya se estaba riendo. Esa resistencia de Fredi a viajar le hacía mucha gracia a Lisa. Viajar con Fredi, decía, era una auténtica experiencia. Luego estaban los ratos muertos en las ciudades donde tenían lugar los simposios, las conferencias, las reuniones de los comités o de los tribunales de no se sabía qué exámenes. Era entonces cuando bajaban al bar del hotel, pedían unos cócteles y se lo pasaban en grande. Visto así, era un plan estupendo. Pero las cosas no eran tan simples. A veces, a Fredi le tocaba escuchar las peroratas de los colegas de Lisa, que se colgaban de él en los momentos más inoportunos y que le exponían compulsivamente sus investigaciones, como si le quisieran demostrar algo. O le tocaba esperar un largo rato la llegada de Lisa porque la reunión se prolongaba y se prolongaba. O tenía que cenar por su cuenta. O beber por su cuenta. No, esos viajes no tenían tanta gracia. Así que muchas veces Lisa viajaba sola. Probablemente, eso contribuyó a su separación. Puede que en uno de aquellos viajes Lisa tuviera una aventura. O en más de uno, quién sabe. La ruptura la planteó ella, pero Fredi había estado de acuerdo. Le molestó un poco que ella se le adelantara, pero lo pudo resistir.

Estaba harto de muchas cosas. Entre ellas, de Lisa y de sus importantes hallazgos, de su infatigable vocación de investigadora, de su voluntad y de su entereza, de su abrumador poder de convicción. Estaba harto de escuchar continuamente que el futuro del mundo se encontraba en manos de los investigadores, de los especialistas de todas clases, de los avances de la técnica. Estaba harto de la vida que estaba llevando al lado de Lisa, harto de los mitos del mundo moderno, de las falsas y superfluas promesas, de la facilidad con que se aceptaban las razones que daban los gobernantes para imponer su voluntad, de la velocidad de la vida, de la fugacidad de todo, de la estupidez general y de la petulancia. En otra época, hubiera sido un afable médico de familia que receta los mismos remedios para todos los males y hace visitas a domicilio. Un médico como los de los cuentos de Chéjov, que llora la muerte de sus pacientes y se conmueve con la belleza de la noche. Fredi Llosa no había querido decantarse por una u otra especialidad médica. Era un generalista nato. Aunque nunca había destacado en sus estudios, una vez que había empezado a ejercer su profesión, se había hecho respetar y querer por una confiada y amplia clientela. No era el personaje de un cuento de Chéjov, pero en cierta medida podía percibirse en sus ademanes algo de ese modelo. Fredi sabía tratar a sus pacientes y se esforzaba por encontrar remedio a sus males.

El doctor Llosa había abierto consulta en un piso cercano a su casa de La Colonia. Acudía, a pie, por las mañanas, y regresaba, también a pie –era un recorrido muy corto–, pasado el mediodía, para almorzar en su casa, los lunes, miércoles y viernes, o a última hora de la tarde, los martes y los jueves. Esos días comía en el pequeño restaurante del otro lado de la calle. Tanto en un caso como en otro, después de una cena frugal, pasaba un rato en el Café Plaza, donde se reunía con un grupo de amigos. En determinado momento, la tertulia se trasladaba a otro lugar, ya fuera del barrio, donde se respiraba un aire plenamente cosmopolita y moderno. Fredi Llosa y sus amigos entablaban largas discusiones sobre los asuntos más diversos. El mundo moderno les proporcionaba muchos motivos de conversación. La mayoría de los amigos de Fredi pensaba que la etapa histórica que les estaba tocando vivir era interesante.

Interesante, en el caso de que puedas observarla de lejos, esa era la opinión de Fredi, el más conservador –y puede que algo reaccionario– del grupo. Los demás asentían, complacidos: les gustaba tener un romántico en sus filas. El mundo estaba avanzando a toda velocidad. Lo que ayer parecía impensable era superado a la caída de la tarde.

En aquel grupo, Fredi tenía una especie de novia. No se trataba de algo fijo, no había por medio ningún compromiso. En eso, Fredi siempre había sido liberal. Era un ferviente partidario del amor libre, si es que aún quedaba en el mundo alguien que entendiera lo que eso quería decir. La novia de Fredi –nadie la llamaba así, solo él y para sus adentros– respondía al nombre de Melinda y era periodista de sucesos, por lo que solía tener un buen repertorio de historias truculentas y siniestras, que eran su especialidad. Melinda conocía los antros más oscuros de la ciudad, lo que suponía una importante aportación, a la que hay que añadir otra: en algunos de ellos, la primera ronda de bebidas les salía gratis a todos.

A Fredi, aquel modo de vida le resultaba muy grato. No añoraba en absoluto su vida anterior y, si pensaba en Lisa, lo que hacía muy pocas veces y sin premeditación, se decía que la idea de la separación, aunque hubiera partido de ella, había sido buena. Tenían gustos muy distintos y el amor se había ido esfumando, como el humo se disuelve en el aire.

Sin otra perspectiva que la de proseguir con aquella apacible rutina, inmerso en aquel agradable ambiente, Fredi recibió un perturbador mensaje. Varios, a decir verdad. Tres, para ser precisos. El primero provenía de la misma Lisa. Estaba enferma de muerte. Llevaba varios meses luchando contra su enfermedad —no decía de qué se trataba—, pero ya se había dado por vencida. Quería despedirse de él. Era consciente de lo muy lejos que estaba, pero para ella sería una alegría —una última alegría— poder decirle adiós de forma personal. Entendería, añadía, que a Fredi no le resultara sencillo realizar aquel largo viaje. Si fuera así, le escribiría una carta de despedida.

Nada más. Así de perturbador era el mensaje. Los otros dos mensajes provenían de una tal Rebeca Altano, doctora, y de un tal Bruno Cardosa, investigador. La doctora corroboraba lo que Lisa había afirmado. A su paciente le quedaba muy poco tiempo de vida y, efectivamente, le había transmitido su deseo de ver a su esposo antes de morir. El mensaje del investigador, con leves variaciones formales, era prácticamente el mismo.

Los sentimientos de Fredi experimentaron una especie de congelación. El que Lisa, su mujer durante más de veinte años, y por quien sentía un vago pero incuestionable afecto, se fuera a morir, ya era de por sí una mala noticia. Pero tener que viajar a un remoto y helado rincón del mundo para despedirse de ella no solo parecía un poco siniestro, sino que implicaba un esfuerzo que no se sentía capaz de hacer. Si Lisa quería decirle algo especial –quién sabe, una confesión, lo que a veces ocurre con los enfermos fatalmente postrados en el lecho–, que se lo dijera por carta. Desplazarse desde su bonita casa de La Colonia hasta el desapacible país del hielo que Lisa había escogido para vivir y, en consecuencia, dada la situación, para exhalar su último suspiro, le resultaba impensable. Una sucesión de trayectos –por carretera, por los aires, en diferentes vehículos y aparatos voladores– se le representaba en la mente como una imposible carrera de obstáculos.

Por la noche, en uno de aquellos tugurios que tanto les gustaba a su grupo de amigos, Fredi pidió consejo.

–No puedes desoír el mensaje de una persona a quien has amado y que está a punto de abandonar el mundo –dijo Alterio, el más joven y crápula oficial del grupo–. Por mi parte, yo no lo dudaría. Además, yo tengo curiosidad por conocer ese confín del mundo. No dejaría pasar la ocasión. En cierto modo, es una oportunidad. Y una llamada en toda regla, no lo dudes.

–Tú, además –terció Petrus–, no tienes ningún problema. Cierras la consulta, y ya está.

Ante el asombro de Fredi, todos estuvieron de acuerdo. En caso de encontrarse en una situación semejante, dijeron todos y cada uno de ellos, acudirían a esa llamada. Incluida Melinda, lo cual acabó de descolocar por completo a Fredi. Aunque no se fiaba de sus intenciones. Seguro que tenía planes interesantes para distraerse durante su ausencia.

No tenía por qué hacerles caso, desde luego, se dijo luego Fredi. Era él quien tenía que hacer el largo viaje hacia el país del hielo, él era el esposo que estaba a punto de quedarse viudo, por más que en aquel momento, en la práctica, bien pudiera considerarse un hombre soltero.

Sin embargo, tras darle muchas vueltas al asunto, decidió ir. Veinte años de vida en común se merecen una con-

162

sideración. Desde el punto de vista de sus capacidades físicas, se encontraba en condiciones de viajar. No padecía una enfermedad que limitara sus movimientos. Podía, efectivamente, cerrar la consulta durante unos días. Gema, la enfermera, recogería las llamadas y aplazaría las citas. No podía darse a sí mismo una buena excusa para no acudir a la llamada de Lisa.

Así fue como al cabo de un par de días, Fredi Llosa se encontró frente al lecho de Lisa Gangs, su esposa, a quien no había visto durante los dos últimos años, pero con quien había compartido su vida durante casi veinte, si no enteramente ni todos y cada uno de los días. No se trataba ya de la mujer pletórica, llena de vida y energía, y con innumerables proyectos en la cabeza, que le había dicho adiós hacía dos años, sino de una mujer que se estaba despidiendo de la vida con las últimas fuerzas que le quedaban, porque la vida, quién sabe por qué, en determinado momento, había decidido dejarla de lado poco a poco. Esa era la última porción de vida que se le había concedido. Ni Dios ni el destino tenían nada que ver con eso. Fredi Llosa no creía en ninguno de los dos. Como médico, sabía que simplemente se trataba de la vida, siempre precaria, siempre amenazada, aunque eso les causara asombro y perplejidad a muchas personas, más de lo que pudiera imaginarse. Lo que podía haber sido una lógica excepción –sentir sorpresa, profundo asombro, ante la llegada del final– casi llegaba a ser lo general. ¡Cómo sorprende la muerte a quien de pronto le ve los ojos, se hubiera anunciado o no! En esos momentos, el proceso de la vida se presenta de golpe con un nuevo significado. Con ningún significado, probablemente. Antes de cruzar el umbral que separa la muerte de la vida, la expresión de los ojos del moribundo resulta indescifrable. Es una expresión dirigida hacia otros, no para ser recibida por nosotros, los que nos quedamos. El que se va a morir sabe cosas que nosotros, los que aún nos creemos lejos de la muerte, no sabremos hasta ese último momento.

Lisa abrió los ojos. Hizo un leve gesto de asentimiento.

—He vivido mucho —murmuró—. Más de una vida, todas al mismo tiempo. Te he ocultado muchas cosas. Solo te he mostrado una pequeña parte de mí. Algunas de mis aventuras fueron buenas. Otras salieron mal. Una de ellas estuvo a punto de amargarme la vida. Me topé con un acosador, un hombre desagradable. Lo supe desde el principio, pero me dejé llevar. En el laboratorio, también ha habido de todo. Siempre que he podido, he detenido algunos proyectos que me parecían peligrosos. Si dejo algo detrás de mí, no sé lo que es.

En aquel momento, la mirada de Lisa se llenó de una expresión abierta, generosa. Los moribundos no suelen mirar así, se dijo Fredi.

Lisa ya no dijo nada más.

La doctora Altano entró en la habitación. ¿Había estado escuchando detrás de la puerta o a través de un micrófono escondido en alguna parte?

—Si nos dejas un teléfono de contacto, te podemos llamar en el caso de que se produjera alguna novedad —dijo—. De lo contrario, ya lo sabes, puedes volver mañana.

La doctora hablaba un inglés con acento germánico, o simplemente nórdico. Sin embargo, su piel era oscura y llevaba el pelo, negro azabache, recogido en lo alto de la cabeza.

—Mi teléfono es un verdadero trasto —dijo Fredi—. Si ves que no funciona, deja el recado en el hotel. Es el Luna de Agosto, supongo que es el único que hay.

—De acuerdo —dijo la doctora con un ligero movimiento de hombros.

Durante unos segundos, Fredi permaneció casi inmóvil, indeciso, en la puerta de la pequeña edificación que albergaba el hospital. Lisa había tenido una doble vida, de acuerdo. Había abierto arriesgados caminos en sus investigaciones científicas, bien, él mismo se lo había advertido más de una vez, cuidado con los experimentos, no vayan a llevarte a donde jamás hubieras deseado ir. Todo eso no cogía a Fredi por sorpresa. Sin embargo, el asunto del acoso, en lo que jamás se le hubiera ocurrido pensar, le producía una gran irritación. La mera idea de que Lisa hubiera sido acosada por un hombre, sin que él lo hubiera sabido —por lo que se deducía de las pocas palabras que había pronunciado, los hechos podían haber ocurrido antes de la separación—, le molestaba profundamente, le hería en lo más profundo de su orgullo.

¿Esas pocas palabras eran las que Lisa había escogido para despedirse de él? ¿Habían sido el producto de una larga meditación o habían salido solas de su boca de forma espontánea? Las dos cosas parecían igualmente probables. Lisa era imprevisible. Pero, en cierto modo, aquella mirada final borraba todo lo demás.

¿Había sido una mirada de amor? No, la mirada de Lisa, aunque se había posado en él, abarcaba mucho más. No era amor, era una expresión de vida, un fulgor de plenitud. Había oído hablar de esas miradas, recordó de pronto, pero nunca las había presenciado. Eran casos raros, le habían dicho. ¿Me ha hecho venir hasta aquí para dirigirme esa mirada?, se preguntó.

Era demasiado temprano para volver al hotel y recluirse el resto del día en su habitación. Aún no se había hecho de noche. Fredi se cubrió la cabeza con el gorro de lana, se enfundó los guantes y decidió dar un paseo por la única calle que parecía albergar algo de vida y que había cruzado hacía un par de horas de camino hacia el hospital. Imposible perderse en ese lugar. Su sentido de la orientación era pésimo, no habría que ponerlo a prueba.

¿Qué clase de frío era ese?, ¿húmedo?, ¿seco? Era cortante como una navaja, traspasaba la piel y llegaba hasta los huesos. Un frío desconocido. Lo mejor sería marcharse cuanto antes de allí. Volver a ese hotel de nombre tan evocador y hacerse cuanto antes con el billete de vuelta. Pero la idea de pasar el resto de la tarde en su habitación le resultaba deprimente. En ese mismo momento, se encendieron las luces que iluminaban la calle. A Fredi siempre le había gustado ese instante, el punto de inflexión entre el día y la noche, el tránsito a otro tiempo. También se producía allí, en aquel punto perdido en el mapa. Era Lisa quien lo había llevado hasta allí, ella, que nunca había sido tan sensible como él a esa clase de cosas, le invitaba, de forma indirecta, a explorar aquella calle de aspecto desolado como si fuera una calle de cualquier ciudad, como si ocultara los mismos secretos y ofreciera los mismos tesoros. Él era un especialista en eso. Era, probablemente, su única especialidad.

A un lado y a otro de la calzada, por la que discurrían escasos vehículos, se levantaban una serie de barracones y edificios de mediano tamaño y aire algo destartalado que albergaban, según proclamaban los letreros y podía deducirse por los escaparates que se ofrecían en las plantas bajas, diversos tipos de comercios. Herramientas, utensilios domésticos, muebles, ropa de trabajo, materiales y objetos diversos de difícil calificación, tiendas de alimentación. Ni un solo café. Esa gente no debía de ser muy sociable. Las pocas personas con las que Fredi se cruzó le lanzaron una rápida ojeada por debajo de sus densos gorros de lana o de lo que fuera y prosiguieron su camino a paso ligero. Huían del frío. Ya tenían que estar acostumbradas a él. Quizá lo estaban, y también acostumbradas a huir, a ir corriendo de un lugar a otro.

En alguna parte tenía que haber un café o una taberna. No hay pueblo que no los tenga. Entró en una tienda en la que se vendían objetos electrónicos de todas clases, algunos de ellos de usos incomprensibles. También se vendían dulces. Una extraña combinación.

Fredi se hizo con una caja de cartón que contenía algo parecido a castañas. Las castañas le daban igual, aunque emanaban un olor agradable, casero. Eran, sobre todo, una excusa para cruzar unas palabras con alguien y obtener información sobre los lugares a los que un viajero ocioso puede ir a tomar algo y a matar el tiempo.

—En el puerto hay dos cafés —le dijo el dependiente, contestando a su pregunta—. Dos cafés —volvió a decir—. El Hernando y El Cofre de Oro. El Hernando es el bueno, aunque eso es mucho decir. El Cofre no se lo recomiendo. Sirven veneno. La gente va por Delfina, la camarera. Los tiene a todos engatusados.

El hombre le indicó a Fredi cómo se llegaba al puerto. Solo había que ir hasta el final de una calle cuyo arranque se encontraba a unos metros de la tienda.

Todo es preguntar, se dijo Fredi. Hablar con la gente. Callado, no se va a ninguna parte. La calle era estrecha y estaba mal iluminada, pero era un camino hacia algún lugar y se encontraba en él. Quizá fuese a causa del intenso frío, pero su cuerpo vibraba y no sentía el peso de la ropa. La callejuela se deslizaba en pendiente, como si resbalara. ¿Irse tan pronto? ¡De ninguna manera! Aquel extraño lugar tenía algo. No solo era el frío, aunque el frío y el hielo lo dominaban todo. Durante los días más crudos del invierno, según le habían dicho, apenas quedaban habitantes. ¿Adónde iban? La mayor parte, al continente. Otros, una minoría, a una isla cercana, la más grande de todas. Pero, pasados dos o tres meses, regresaban, ¿por qué?, ¿no podían instalarse en otra parte? ¿Qué ofrecía aquel lugar?, soledad, incomodidades.

Aquel ir y venir tenía algo de absurdo. ¿Qué clase de personas eran esas?, ¿era Lisa tan rara como todas ellas? Siempre había tenido una gran capacidad de abstraerse, de concentrarse en sus cosas y de olvidarse del mundo, pero aquel entorno era excesivamente inhóspito. Era buena bebedora, mucho más que él, que se emborrachaba enseguida. Lisa podía beber sin alterarse demasiado. Simplemente, se animaba, hablaba más, se reía más. En un lugar como aquel, beber debía de ser un elemento imprescindible. El frío y la soledad son viejos amigos del alcohol.

Los peores días del invierno ya habían pasado, quienes se habían marchado —casi todos— ya habían vuelto y nada indicaba que se hubieran ido alguna vez. Las horas que habían transcurrido desde la llegada de Fredi a la isla le habían permitido trabar relación con unas pocas personas. Todas ellas daban la impresión de estar plenamente adaptadas al ambiente. El conductor de la camioneta —más bien, una especie de tanque— que le había llevado del aeropuerto al hotel, la encargada del hotel, la recepcionista del hospital, la doctora, el dependiente de la tienda, la gente que pasaba, medio corriendo, por la calle... Todos parecían vivir allí desde siempre, como si la vida cotidiana en medio del frío y del hielo fuese algo perfectamente fácil. Nadie se resbalaba y caía al suelo. No había piernas ni brazos rotos a la vista. Nadie le había dicho: ¡Ya ve la vida tan terrible que llevamos aquí! Ninguna queja, ninguna alusión a las inclemencias del tiempo. Los viajeros que aparecían por ahí ya debían de saberlo. Quizá lo comentaban entre ellos, en el hotel. Según había entendido en la breve charla que había tenido con la encargada, de las dieciséis habitaciones de las que disponía, estaban ocupadas la mitad. A él le habían asignado la correspondiente al número 9, que, como todas las demás, llevaba el nombre de un personaje de ficción. El suyo era «Capitán Ahab».

La pendiente de la calle se hizo más pronunciada. Había que andar con mucho cuidado. Aparecieron una serie de escalones de más de un metro de ancho. Ya se divisaba el malecón y las luces del puerto. A la derecha, almacenes y pequeñas casas de madera. La luz de la tarde y la luz eléctrica se fundían y parecían igualmente ineficaces, insuficientes. El mar tenía el color del plomo. El cielo, también. Plomo cubierto de una delgada capa de polvo blanco.

Fredi encaminó sus pasos hacia las fachadas de las casas, pintadas de color azul o rojo oscuro. Unos faroles que parecían sacados de un antiguo libro de cuentos infantiles pendían sobre las puertas. El Hernando y El Cofre de Oro, dijo entre dientes, en busca de los letreros que anunciaran las tabernas.

Entre los dos malecones que enmarcaban el puerto, una flotilla de barcas de pescadores se balanceaba suavemente en el agua grisácea. Primero estaba El Cofre de Oro, una casa de madera de un solo piso y confuso color. Justo al final de la calle, que recorría la distancia que, en tierra, separaba los muelles, estaba El Hernando, azul y blanco, de dos pisos. ¿De lo grande a lo pequeño o de lo pequeño a lo grande? El Hernando, primero, decidió Fredi. Hay que ir descendiendo poco a poco por la pendiente de la vida.

Empujó la puerta pintada de un blanco desvaído de El Hernando. No era un local muy espacioso. Seis mesas y un mostrador a la izquierda. Un hombre detrás del mostrador y otro delante. Una sola mesa ocupada. Dos hombres de rostro curtido —¿viejos lobos de mar?— sentados frente a frente. Una botella de aguardiente en medio.

—Se sirven platos calientes dentro de una hora —dijo el hombre del mostrador.

Un agradable olor a especias flotaba en el aire. No había pantallas de televisor ni máquinas de juegos.

—¿Eres el Hernando? —le preguntó Fredi al hombre del otro lado del mostrador después de dar un trago a su bebida.

—Soy Hernando. El Hernando es el nombre de esto —dijo el hombre, sin inmutarse—. ¿Y tú quién eres? —añadió luego.

—Fredi Llosa, médico de cabecera. He venido a este rincón del mundo para escuchar las últimas voluntades de mi esposa, que se encuentra en el hospital sin esperanzas de curación.

Hernando le sirvió una cerveza recién tirada y le retiró la anterior.

—Invita la casa —dijo—. Quizá necesites algo más fuerte. Lo que quieras.

—Con esto me arreglo, gracias. Aún no he probado bocado y no soy de los que aguantan la bebida.

—Buen chico —aprobó Hernando.

Luego, dio media vuelta y se concentró en sus tareas. Pero, de pronto, el hombre lo dejó todo en el aire y volvió junto a Fredi.

—Perdona que te lo pregunte, pero ¿esa mujer de la que hablas no será la científica de los laboratorios? Me han dicho que está enferma de muerte. No sabía que tuviera marido.

—Lisa Gangs, sí, esa es mi esposa. Yo soy sedentario y ella nómada. Se empeñó en venir aquí y decidimos hacer vidas separadas, aunque nunca nos planteamos realizar ningún tipo de trámite. Fue decisión suya, debo decir. Lo de la separación. Así que legalmente soy su marido, pero en realidad no lo soy.

Hernando asintió, comprensivo.

—Quédate a cenar —dijo—. El chico de la cocina es bueno, siempre está haciendo cosas nuevas. Yo pensaba que iba a ser un fracaso, que aquí solo podía funcionar la cocina de siempre, es decir, cuatro platos y sin complicaciones, pero no me pesa confesar que me he equivocado. Esta cocina está siendo un éxito. Hasta viene gente de otras islas para probarla. En verano hay bastante trasiego.

Fredi se quedó a cenar en El Hernando. Las seis mesas estaban ocupadas. Marineros, hombres vestidos de invierno que se despojaban de sus grandes abrigos y los dejaban colgados en los percheros de la entrada, alguna mujer, todos de edades comprendidas entre los treinta y los sesenta años. Él encajaba allí, aunque no llevara la ropa adecuada. Tampoco el cocinero la llevaba. Se sentó con ellos —Hernando ya se había sentado a su mesa— al concluir la comida. Era un chico moreno, delgado, de facciones regulares y ojos rasgados. Se llamaba Tono.

Al final, salió el asunto de Lisa. Fredi volvió a decir que era su esposa y que no lo era. Todo a la vez. Era demasiado joven para morir, pero los médicos saben, mejor que nadie, que hay enfermedades incurables. Todos los que la conocían se daban cuenta enseguida: era una mujer muy inteligente, trabajadora incansable. Los científicos más importantes le pedían su opinión. Lisa pertenecía a la élite. Por el laboratorio habían pasado algunos de esos científicos, dijo Hernando, los más importantes del mundo, tenían todo tipo de premios, el Nobel y otros.

Naturalmente, añadió Hernando, todos habían ido alguna vez a su local. Era el único lugar, con la excepción del hotel, donde se servían comidas. Tono, el cocinero, explicó luego que había llegado a la isla hacía más de tres años. En el continente, ya era un chef conocido, pero siempre le habían atraído las islas y no le importaba el frío. En la cocina siempre hacía calor. Daba gusto, después de cocinar, salir al exterior. No tenía novia ni quería tenerla. La vida, tal como era, le parecía suficiente. Si quieres amar, ama. Si el vaivén amoroso te cansa, descansa. Haz amigos, haz tu trabajo tan bien como puedas, disfruta del paisaje y de las comodidades que ofrecen las casas.

—Buena filosofía —dijo Fredi.

—No soy filósofo —negó Tono—. Tú, en cambio, sí lo pareces. Eso de haber venido hasta aquí para acompañar a tu esposa en los últimos días cuando ya no es tu esposa me parece que responde a algo, una inquietud, algo filosófico o romántico.

—No lo sé —dijo Fredi—. Mi esposa me pidió que viniera y he venido. Me he tomado unos días de vacaciones. Eso es fácil cuando se tiene una consulta propia.

—Las cosas se hacen y ya está —dijo Hernando—. No hay que darles más vueltas. Es como vivir aquí. Te puedes ir a otra parte, pero no te vas. Claro que hay gente que se va. Pero los que nos quedamos no perdemos el tiempo preguntándonos por qué nos quedamos. Eso no serviría de nada.

—A fin de cuentas, esto no es la Antártida —dijo Tono.

—Incluso allí se vive bien ahora, por lo que me han dicho —comentó Hernando—. También en la Antártida hay restaurantes.

Tono movió la cabeza hacia los lados y se encogió de hombros. No lo creía, dijo, y, en todo caso, le daba igual.

Hernando se ofreció a acompañar a Fredi al hotel antes de que cayera la noche. Sin embargo, cuando salieron a la calle, ya estaba envuelta en la oscuridad. La temperatura había descendido y soplaba el viento.

El trayecto hacia el hotel fue mucho más corto de lo que había imaginado Fredi. Extrañamente, de noche las distancias parecían haberse acortado.

—Pásate mañana, si no tienes otra cosa que hacer —dijo Hernando—. Así me dices cómo va la científica. A lo mejor no se muere.

No se dieron la mano ni se tocaron. Las manos, en el exterior, siempre estaban cubiertas por guantes. El cuerpo, protegido por abultados abrigos. Los gorros y las capuchas cubrían las cabezas. Apenas se veían las caras, no podía captarse la expresión que asomaba a sus ojos. Sin embargo, ya se había establecido un vínculo entre ellos. Fredi tenía planes para mañana. ¿Quién hubiera imaginado que en aquel lugar perdido se sirvieran unos platos tan elaborados?, ¿qué le había costado? No podía recordarlo, ni siquiera recordaba haber sacado la cartera para pagar.

En su guarida del «Capitán Ahab», se tendió en el lecho y alabó intensa y brevemente la iniciativa divina de haber creado el planeta Tierra, si es que las cosas habían sido así. Aunque no lo fueran. Hay que dar las gracias a alguien de vez en cuando.

Misia, la mujer que regentaba el hotel, saludó a Fredi con un cantarín «Buenos días» y una amplia sonrisa. Detrás del pequeño mostrador, echó una mirada a la pantalla del ordenador, y volvió a girar la cabeza hacia él.

—Ahora estoy contigo —añadió—. Te acompañaré a la sala del desayuno.

Salió de su parapeto y se emparejó con él.

—¿Estás contento con tu habitación? —preguntó—. Si deseas una mejor, acaba de quedarse libre una de las grandes. Te la puedo preparar para la tarde.

—Estoy bien en la mía, gracias —dijo Fredi, mientras pensaba lo contrario. Aunque la habitación que le habían asignado estuviera bien, sería estupendo tener una mejor. Pero la idea del cambio le había producido cierta inquietud. Como si eso implicara que fuera a quedarse allí mucho tiempo.

—De acuerdo —dijo Misia, que le invitó a pasar al comedor—. Disfruta de tu desayuno. Aquí tenemos la costumbre de hacer comidas fuertes. Cualquier otra cosa que necesites, aparte de lo que hay, lo pides y, si se puede, te lo servimos. Queremos que nuestros huéspedes se queden satisfechos.

Fredi inspeccionó la sala. De proporciones modestas, daba sensación de amplitud. Los muebles, de madera clara, y las paredes pintadas de un blanco apacible ayudaban a crear esa sensación. A un lado, una mesa alargada ofrecía un copioso bufé. La joven camarera le sirvió café. Los ocupantes de las otras mesas tenían varias cosas en común. La edad y la ropa, para empezar. Entre veinte y cuarenta años, camisetas holgadas, pantalones holgados, sandalias o chanclas en los pies. No saldrían así a la calle. Cuando la camarera le sirvió más café, Fredi entabló conversación con ella, ¿quiénes eran los otros huéspedes?, ¿qué les había llevado hasta allí?

—En su mayoría, son aficionados a las focas y a los pingüinos, a los animales que viven aquí. Son fotógrafos, estudiosos del comportamiento animal o del clima. Todo eso. Gente tranquila que va a lo suyo y no te pide lo imposible. Otra cosa son los turistas. Vienen en verano, todos a la vez. Unos se decepcionan y se aburren enseguida. Otros están siempre excitados, van de aquí para allá, haciéndote todo tipo de encargos. No sé quiénes son peores. Hemos tenido que lidiar con todo tipo de gente, ni te imaginas, ¡si te contara las escenas que he presenciado! Hay personas que no soportan estar en una isla. Tienen claustrofobia, lo descubren el primer día de estar aquí y se dan cuenta de que aún les queda toda una semana, o dos. No se pueden ir sin más ni más. Son viajes programados, cerrados. La gente pierde los modales cuando se ve acorralada. La culpa la tienen los promotores. Hacen unos folletos que no tienen nada que ver con la realidad, como si este fuera un país idílico, una isla de cuento. Pero los propios turistas también tienen parte de culpa. Hay que ser más prudente, medir tus fuerzas, conocerte un poco, en fin.

La joven se calló de forma repentina.

—¡Ay, perdona! Me pongo a hablar y no paro, pero como me has preguntado, he deducido que nunca habías estado aquí ¿Qué es lo que has venido a hacer, si no es mucha indiscreción?

Fredi le informó brevemente de su situación.

—¡Ah, vaya, así que eres el marido de la científica! Todos estamos muy impresionados por su enfermedad, no sé por qué no se la han llevado al continente, a un hospital de verdad.

—El hospital, aunque sea pequeño, es muy bueno, tiene todos los recursos necesarios –dijo Fredi.

—No digo que no. En fin, ellos sabrán. Si no lo saben ellos, que son científicos, no sé quién puede saberlo.

—En todo caso, Lisa no quiere que la trasladen –añadió Fredi–. Quiere morir aquí.

—Debe de ser muy duro para ti –dijo la joven–. Tengo la mañana libre. Si quieres, puedo acompañarte al hospital. Me llamo Volga, por cierto.

—De acuerdo, Volga. Eres muy amable –repuso Fredi, ligeramente sorprendido. Ya era bastante raro estar en aquel lugar. Una pequeña sorpresa más.

Lisa estaba dormida, anunció la doctora Altano. Fredi y Volga tomaron asiento en la sala de espera.

—No necesitas quedarte –dijo Fredi–. Vete a saber el tiempo que tendré que esperar.

—Pues me voy –dijo Volga, poniéndose en pie–. Haré un par de recados y luego vuelvo, pero no te preocupes por mí. Si estás, bien, y si no, nada. Ya nos veremos en el hotel.

Un hombre de edad y ropaje parecido a los huéspedes del Luna de Agosto entró en la sala. Calzaba zuecos de goma. Por lo demás, llevaba sobre su cuerpo lo mismo que los huéspedes: camiseta y pantalones holgados.

—¿Fredi Llosa? –preguntó, y, sin aguardar la confirmación, siguió hablando–. Soy Bruno, el ayudante de Lisa. Me dijeron que viniste ayer. Hubiera querido pasarme por el Luna, pero se me hizo tarde. Lisa sigue dormida. Si quieres, puedes pasar a verla. En el laboratorio, todos quieren saludarte. Si te parece, luego vamos para allá.

Bruno era un hombre guapo, se dijo Fredi. De estatura, más o menos como él. De edad, unos años menos. Aun vestido de aquella manera, resultaba seductor. Si era el ayudante de Lisa, podía haber sido, además, amante o novio o lo que fuera. No pueden prohibirse las relaciones amorosas en esas condiciones de trabajo tan singulares. ¿Podría ser, también, acosador? No encajaba en el estereotipo, ese hombre no necesitaba acosar. Las personas, fueran hombres o mujeres, no huían de él. El propio Fredi se sentía repentinamente a gusto, acogido. Nunca le había sucedido algo así cuando, en el pasado, había dado unos pasos por el mundo de Lisa. Siempre se había sentido rechazado o ignorado. Sin embargo, Bruno le trataba con naturalidad, casi como si fuera parte del equipo de investigación, o un miembro más de los escasos y sin duda extraños pobladores de aquel lugar perdido en el mapa.

No se cruzaron con nadie por el corto pasillo que conducía a la habitación de Lisa. La puerta estaba ligeramente entornada.

–Buena señal –dijo, asomándose un poco–. Entra –invitó, dirigiéndose a Fredi.

Lisa dormía con expresión de placidez. Fredi, que el día anterior había concentrado su atención en las palabras que ella había pronunciado, se fijó ahora en los pequeños detalles que hacían de aquella habitación de hospital algo distinto. No había los consabidos aparatos que miden las constantes vitales del paciente, o no estaban a la vista. Las mesillas que flanqueaban la cabecera de la cama no estaban cubiertas de botes de medicinas ni de servilletas de papel. La misma Lisa no estaba conectada a ningún aparato. En sus brazos, que reposaban suavemente sobre la sábana, no había señales de apósitos o vendas que sugirieran la administración intravenosa de calmantes o alimentos. Un jarrón con flores que parecían silvestres descansaba sobre una mesa, frente a la cama. El cuarto estaba iluminado por luz natural. La ventana, a la izquierda de la cama, dejaba ver el paisaje helado y unos barracones cubiertos de nieve. La luz era tenue, quizá el cristal de la ventana tenía una especie de filtro. En aquella habitación se estaba bien, era un buen lugar donde pasar las últimas horas de la vida.

La doctora Altano hizo su aparición.

—Me alegro de verte —le dijo a Fredi—. Ya ves que no se ha producido ninguna incidencia.

—Me lo llevo al laboratorio —dijo Bruno—. Comeremos en la cantina, como siempre.

—No creo que hoy me pueda unir a vosotros —dijo la doctora—. Tengo mucho trabajo. Almorzaré más tarde. Me quedaré un rato aquí —añadió, y se sentó en el sillón que quedaba de espaldas a la ventana.

Fredi y Bruno salieron de la habitación.

—Son buenas amigas —dijo Bruno, ya en el pasillo—. Rebeca y tu esposa. No podía ser de otra manera. No he conocido a mujeres más inteligentes. Nos dan mil vueltas a todos los demás.

—¿Trabajas también en el hospital? —preguntó Fredi.

—Sí, los dos centros están ligados. De hecho, nacieron prácticamente a la vez. Enseguida se vio que los trabajos del laboratorio tenían aplicaciones médicas. El hospital es muy pequeño, ya lo has visto. En general, no hay enfermos internados, solo consultas. No se puede desatender a la gente de aquí. Si es necesario, se les envía al continente. El caso de Lisa es distinto. Lo dejó claro desde el principio, no iba a salir de aquí. Espérame un momento —dijo, deteniéndose.

Bruno se esfumó tras una puerta. Salió enseguida con una tarjeta en la mano.

—Odio estas tarjetas —dijo—, pero de momento nos tenemos que conformar. Hemos pedido que nos pongan llaves y cerraduras, aunque eso parezca antediluviano. Aquí no funcionan las tarjetas, se estropean continuamente.

Pero la tarjeta electrónica funcionó, y tras cruzar el umbral de la puerta, que se cerró de forma inmediata a sus espaldas, Fredi y Bruno salieron a una especie de galería que conducía al laboratorio.

—Sí —dijo Bruno—, están comunicados, y también con la cantina, que está a la derecha, en el ángulo que forman otros dos pasadizos. Es un triángulo. Así no tenemos que vestirnos de buzos para ir de un lado a otro. Por mi parte, odio el frío, aunque aquí eso está mal visto, no se puede ni decir. Aquí todos son forofos del frío. Te presentaré a los colegas y luego iremos a la cantina por el otro pasadizo, así te harás una idea cabal de cómo es esto. Nuestra vida transcurre dentro de estas paredes de madera maciza y de estos pasadizos. Vivimos encapsulados, pero la cápsula tiene su punto. A mí me gusta.

El laboratorio era de parecidas dimensiones, quizá iguales, a las del hospital. Todas las salas estaban ocupadas por una o dos personas. Por el corto pasillo se cruzaron con otras. Bruno las saludaba y se las iba presentando a Fredi.

—El esposo de Lisa Gangs —dijo una y otra vez—. Os esperamos en la cantina en un cuarto de hora.

Todo lo que Fredi sabía —o imaginaba— sobre los laboratorios estaba allí, en las salas en las que entraban y salían para saludar a los científicos. Mesas con recipientes de cristal y de metal, todo limpio, como recién lavado. Olor a desinfectante, luz cenital. Los científicos no le dieron la mano para saludarle, pero le dedicaron miradas y palabras cordiales. «Enseguida nos vemos», dijeron casi todos.

178

—Somos diez —dijo Bruno—. Once, con Lisa. Al almuerzo vendrán todos, menos Susana. Hoy le toca a ella hacer guardia. La actividad se paraliza durante una hora, pero siempre se queda alguien vigilando. Ya hablarás más con Susana en otro momento, si quieres. Es una chica espléndida, la última adquisición del equipo, Lisa tiene predilección por ella.

Bruno se detuvo ante una puerta.

—Es el despacho de Lisa, supongo que querrás verlo. Desde que ingresó en el hospital, nadie lo ha utilizado. Si quieres, te dejo un rato solo.

Fredi negó con la cabeza.

Era un cuarto pequeño, pero no resultaba claustrofóbico. Era un lugar en el que se podía estar un buen rato sin hacer nada o haciendo algo con absoluta concentración. Fredi trató de imaginar a Lisa sentada en aquella butaca frente a la mesa, girando de vez en cuando la cabeza hacia la izquierda para contemplar el paisaje nevado. No acababa de verla allí, sola, pensativa. Siempre que pensaba en Lisa, la veía inclinada sobre los instrumentos del laboratorio o con la mirada fija en una clase de pantalla o hablando con alguien o a punto de subirse a un avión. Nunca quieta. Siempre lejos del vacío.

—¿Cuándo empezó a manifestarse la enfermedad? —preguntó.

—Cuando llegó aquí, ya estaba enferma —dijo Bruno—. La 57790 es una enfermedad que se va haciendo visible lentamente. El enfermo lo sabe, la presiente, pero los médicos no pueden detectarla. Bueno, tú eres médico, ¿no? Ya sabes que hay enfermedades que se van incubando poco a poco y que de pronto se hacen patentes, devastadoras. 57790, esa es la enfermedad. Para nosotros, las enfermedades son números.

—Nunca la oí quejarse de nada —dijo Fredi—. Y apenas

he tenido noticias suyas durante estos últimos años. Estábamos separados, así que no me parecía raro.

—¿Separados? —repuso, con extrañeza, Bruno—. No nos lo dijo, siempre ha hablado de ti como de su marido. No es que nos haya contado muchas cosas, pero te ha mencionado con frecuencia. Todos hemos pensado siempre que, a vuestro modo, estabais muy unidos.

—¿Cuánto tiempo le queda de vida? —preguntó Fredi, desconcertado.

—Se está muriendo, querido amigo, pero te puedo asegurar que se trata de un proceso tranquilo, sin dolor, sin inquietud. La ciencia no puede acabar con las enfermedades ni con la muerte, eso tú, como médico, lo sabes de sobra, pero puede aligerar mucho las cargas. Ese ha sido uno de los objetivos que ha perseguido Lisa en sus investigaciones, pero qué te voy a decir a ti, que eres su esposo. Ya la conoces, y conoces sus principios y su tenacidad.

Fredi estuvo a punto de decirle a Bruno que no solo llevaba más de dos años sin tener noticias de Lisa, sino que nunca había sabido bien en qué consistían sus investigaciones ni cuáles eran sus principios o sus objetivos o, por decirlo de otra manera, la ética que profesaba. Mientras habían vivido juntos, Lisa hablaba de sus investigaciones de forma muy vaga. Probablemente, era consciente del profundo descreimiento en la ciencia, en la técnica y en las más alabadas habilidades del ser humano que le caracterizaban a él. A Fredi le interesaba la idea de humanidad desde un punto de vista completamente distinto. Un punto de vista general, global.

—Soy un humanista —dijo Fredi, pese a que Bruno no le había hecho ninguna pregunta que justificara una declaración de ese tipo—. Todo esto de los laboratorios, los experimentos, los avances de la técnica y los inventos y aparatos de los que se ha llenado el mundo me produce un poco de miedo, por no decir, en algunos casos, escalofríos.

Bruno se rió.

—No es para tanto, te lo aseguro —dijo—. Los científicos no somos seres malévolos. Respetamos las normas y sabemos muy bien dónde están los límites de las investigaciones. Me refiero, sobre todo, a nuestro equipo. Pero vamos a la cantina, los demás ya deben de estar allí.

Fredi hubiera preferido volverse a su hotel, y comer tranquilamente en el comedor, rodeado de fotógrafos y conservacionistas, personas que hablaban con entusiasmo de focas y pingüinos, y siendo atendido por la solícita y parlanchina Volga, a quien había dejado en la sala de espera del hospital y de quien se había olvidado por completo. Pero ya se habría marchado y habría regresado al hotel.

¿Por qué tenía que almorzar con todos aquellos investigadores a quienes había ido saludando de sala en sala y que le habían dedicado una mirada cordial, pero impregnada de algo parecido a la compasión, a un incipiente pésame?

Los investigadores ya estaban en la cantina. Bebiendo vino y tomando unos aperitivos, unos bichitos de caparazón oscuro, requemado, que —admitió Fredi— sabían muy bien. Aquellas personas le trataban como si fuera un hombre que acabara de quedarse viudo y no se hubiera dado del todo cuenta de lo que eso significaba. Le palmeaban la espalda, le rellenaban el plato, le dirigían miradas de aliento. Después de los bichitos, vinieron otras viandas, todas desconocidas y todas razonablemente comestibles.

¿Quiénes eran los mejores amigos de Lisa?, ¿dónde vivía Lisa antes de ingresar en el hospital? Todos eran grandes amigos, formaban un equipo, dijeron. Desde la llegada de Susana, Lisa vivía con ella. La había acogido en su casa y allí se había quedado. Había un par más de mujeres en el equipo y también vivían juntas. Los hombres, que eran siete, vivían en tres casas. Al parecer, dos de ellas grandes y una pequeña. En la casa pequeña vivía uno de ellos. Los otros

181

seis, la mitad en cada una de las casas grandes. Las casas estaban juntas, a unos cien metros del laboratorio. Unos pasos, nada más. Todas estas explicaciones ocuparon casi todo el tiempo que duró el almuerzo y fueron expuestas entre gritos y risas. Unos se contradecían a otros. Aquello parecía una especie de juego, un acertijo.

¿Estaban de broma?, ¿se estaban riendo del visitante, a quien, hacía escasos minutos, habían tratado con tanta consideración? Pero no había nada en la actitud de los investigadores que hiciese que Fredi se sintiera objeto de burla. Simplemente, eran así. Gente que se tomaba las cosas a broma, las cosas que no pertenecían al mundo del laboratorio. Científicos.

Bruno desapareció y vino Susana. El turno de la vigilancia proseguía. El almuerzo terminaba.

–Te acompañaré al hotel –dijo Susana, mientras bajaba la vista hacia sus zapatos–. ¿No tienes botas altas? Ahora te buscamos unas, no sé cómo has podido arreglártelas con esas.

–Me puse unas fundas –dijo Fredi–. Me las dejaron en el hotel.

–Nada de fundas, con esas botas no sirven para nada.

Los científicos se fueron, ya recuperado el tono de seriedad. Dejaron en el aire frases de despedida. Susana condujo a Fredi a un cuartito en el que ambos se calzaron unas enormes botas de goma.

–No sé cómo podré andar con esto.

–Te acostumbras –rió Susana–. Es cuestión de práctica.

Calzados con las pesadas botas y bien abrigados, salieron al exterior. Susana tenía ademanes amables y una expresión luminosa, pero no despegó los labios hasta que llegaron al hotel.

–Me voy corriendo a casa –dijo, una vez que entraron los dos–. Quiero preparar una buena recepción.

–¿Recepción? –preguntó Fredi.

—Es una vieja costumbre familiar.

Fredi seguía sin entender nada, pero no hizo más preguntas.

Susana volvió a salir al exterior. La mirada de Fredi se cruzó con la de Misia, la encargada del hotel.

—Yo también iré —dijo Misia—. Supongo que será mañana. Parece que a Lisa ya le quedan pocas horas de vida. Ya te lo habrán dicho, claro. Es mejor así, desde luego. Cuando uno se tiene que morir, mejor hacerlo cuanto antes.

¿Se lo habían dicho? Sí y no. Nadie había hablado de horas de vida ni de muerte inminente. Esas palabras no habían sido pronunciadas, o él no recordaba haberlas escuchado. Quizá no fueran necesarias.

Se le pasó por la cabeza la idea de volver al hospital, pero se sentía desfallecido. La muerte nunca es un espectáculo, se dijo. Sin embargo, al cabo de unas horas, durante las cuales cayó en un profundo sueño, le pidió a Misia que llamara a alguien que pudiera llevarle al hospital. En el exterior, ya reinaba la oscuridad.

—Te llevará Chuchín —dijo Misia—. Es el chico que te recogió en el aeropuerto. Ahora se lo digo.

Chuchín apareció enseguida. Probablemente, vivía en el hotel. A diferencia de Susana, que no había abierto la boca de camino hacia allí, y a diferencia, también, del primer trayecto que había hecho con él el día anterior, Chuchín no dejó ni un segundo de hablar durante los pocos minutos que estuvieron dentro del vehículo. El asunto central de su incesante conversación eran las mujeres. Las conocía a todas, había sido novio esporádico de la mayor parte de las chicas del poblado, unas le habían dejado y a otras las había dejado él. Las mujeres tenían dónde escoger. Eran minoría respecto de los hombres. Había mucha competencia, pero él sabía hacerse de valer. Los nombres de las mujeres que Fredi había conocido hasta el momento salieron a relucir,

Delfina, la del Cofre de Oro, Misia, la dueña del hostal, Volga, la camarera, Susana, la joven científica... De la doctora Altano también Chuchín dijo algo, pero de pasada. Estaba casada. Cuando hay otro hombre por medio, mejor no meterse. Además, era muy mayor. El marido estaba jubilado. El matrimonio vivía aparte, no pertenecían al equipo de los científicos.

—¿Y Lisa Gangs? —se atrevió a preguntar Fredi—, ¿qué puedes decirme de ella?

—Es tu esposa, ¿no? —replicó Chuchín—. No soy quién para decir nada al respecto. Pero todos estamos de luto por ella. Era una reina, eso sí lo puedo decir.

—Hablas en pasado —observó Fredi. Chuchín asintió.

—Está más cerca de la muerte que de la vida —dijo luego.

Fredi quiso pagar el viaje, pero Chuchín se negó a aceptar ningún pago.

—Te esperaré —dijo señalando hacia la sala que se abría a la derecha del vestíbulo—. Quédate todo el tiempo que quieras —dijo.

Algo muy parecido a lo que había dicho Volga por la mañana. La doctora Altano condujo a Fredi a la habitación de Lisa.

—Son sus últimos momentos —declaró—. Susana y Bruno están a su lado. Quizá quieras quedarte solo con ella.

Lisa murió unos minutos más tarde. Los ojos cerrados, la cabeza abandonada suavemente sobre la almohada, las manos posadas sobre la sábana como pequeños animales dormidos.

A la recepción que dio Susana al día siguiente, acudió todo el poblado. Las cuatro tiendas de la única calle se cerraron. El laboratorio se cerró. La bandera ondeaba a media asta en el mástil de la Casa Común.

El hotel no podía cerrarse, porque allí seguían los observadores de los animales polares y unos pocos turistas de primavera, pero Misia y Volga pusieron un cartel en la entrada anunciando que estarían ausentes durante un par de horas «a causa del fallecimiento de la señora Lisa Gangs, científica ilustre y persona muy querida por todos».

El sol de mediodía debía de estar en alguna parte, detrás de una espesa cortina de nubes. Salieron del hotel. Misia y Fredi iban delante. Volga y Chuchín detrás. A la pequeña comitiva se le fue uniendo gente. Fredi reconoció algunas de las caras, el dependiente de la tienda, Hernando, Tono, el cocinero, la doctora Altano, los científicos...

Susana no ejercía de anfitriona. Aquella era la casa de Lisa, y de todos, y de nadie. Según pudo entender Fredi de los jirones de una conversación, Susana, en cuanto recogiera la casa, se mudaría a otra vivienda. La casa era demasiado cara. No podía pagar ella sola el alquiler. De momento, otras de las mujeres del laboratorio le iban a hacer un hueco en su vivienda.

Muchas de aquellas personas estrecharon la mano de Fredi y musitaron unas frases de pésame. Susana se le acercó:

—¿Qué quieres que haga con las cosas de Lisa? —le preguntó—. No he tocado nada.

—Haz lo que quieras —dijo Fredi.

—¿Quieres echar un vistazo a su cuarto? Todo esto era suyo. Quizá te quieras llevar algún recuerdo. Algo de lo que ella hizo con sus manos, una de sus esteras de lana, una cortina, no sé, ¡hizo tantas cosas! Le encantaban las lanas. Se pasaba todo el tiempo que tenía libre tejiendo.

—No voy a llevarme nada —dijo Fredi—. Todos estos objetos pertenecen a este lugar. Lo que hagas con ellos, estará bien hecho. Si tengo que firmar algo, lo haré, por supuesto.

—No hace falta —dijo Susana—. Aquí no somos tan formalistas.

—Eso es una ventaja —observó Fredi.

—Pues sí.

¿Desde cuándo le habían gustado a Lisa las lanas?, Fredi nunca la había visto tejiendo o haciendo ninguna clase de labor de punto.

Fue en aquel momento cuando descubrió al hombre. Estaba sentado en la butaca que tenía el aspecto de ser la más cómoda de todas las que había en el cuarto. Probablemente, la preferida de Lisa. Edad indeterminada, cara gris, inexpresiva. Tardó unos segundos en caer en la cuenta: era el marido de la doctora Altano. No hablaba con nadie, no comía, no bebía. Le estaba mirando a él. Pero cuando Fredi respondió a su mirada, él desvió la suya.

El acosador, se dijo Fredi, recordando lo que le había dicho Lisa. Quizá debiera investigar a ese hombre. Esa clase de indagación, hoy en día, estaba al alcance de cualquiera. No hacía falta ser detective privado y convertirse en la sombra del sospechoso. Lisa, en cualquier caso, ya no estaba a su alcance. Si ese hombre sombrío, por no decir siniestro, era el acosador, ya había dejado de serlo. Desde su acogedora casita de La Colonia, haría las averiguaciones oportunas. Petrus, que lo sabía todo del abstruso mundo de la informática, le ayudaría. Petrus sabía siempre dónde y cómo obtener la información que se precisaba.

De regreso en el hotel, mientras recogía sus cosas con la intención de dejarlo todo preparado, ya que el vuelo salía de madrugada y antes quería descansar un poco, Fredi se dijo, ya medio dormido, que si Lisa no le había dicho quién había sido el acosador que había tratado de amargarle la vida, puede que no tuviera mucho sentido que se empeñara él en descubrirlo. La vida de Lisa no era asunto suyo. No lo había sido antes y no lo era ahora, que ya estaba muerta. Lisa le había hecho aquella extraña confidencia al final, después de haberle dado a entender que, mientras habían vivido juntos, le había sido infiel en numerosas ocasiones. Luego había dejado caer que, ciertamente, las investigaciones que se llevaban a cabo en el laboratorio, tal como él había insinuado más de una vez, podían tener consecuencias peligrosas. Había sido como una cadena de confesiones, una cosa había dado paso a la otra, pero la voz de Lisa había ido perdiendo intensidad.

Horas más tarde, en la avioneta que le trasladaba al continente, las confidencias de Lisa se fueron desvaneciendo. La cabeza de Fredi estaba llena de las imágenes de todas aquellas personas a quienes había conocido en aquellos dos intensos días. Allí se habían quedado, atrapadas en su extraño y helado mundo, haciendo, a su modo, la misma vida que hacemos todos. Levantándose de la cama a una hora fija, acudiendo al trabajo, comiendo, hablando, amando, recopilando rencores y alegrías, mirándose unos a otros con recelo o simpatía, estorbándose mutuamente, reclamando atención y ayuda, sintiéndose, de todos modos, parte de un mundo singular, muy diferente del resto.

Llegó a La Colonia poco antes del amanecer. La luna arrojaba una luz blanquecina sobre la calle. A Fredi le parecía que había estado siglos fuera, y que en aquel larguísimo periodo de tiempo que había pasado lejos de casa, había olvidado cómo eran su casa, su calle y el barrio entero. No se podía abandonar así como así un lugar como aquel. Quien vive en él tiene un tesoro.

Las llaves giraron suavemente dentro de la cerradura. Eso le produjo cierto asombro y un agradecimiento infinito. Siempre había sido así, pero nunca se había dado cuenta de aquella suavidad. De pronto, la llave se fundía con la puerta y la puerta se abría porque aquella era su casa. Allí había vivido él durante días y días, sin ausentarse. Parecía un tiempo infinito, recuperado de golpe. Las horas que había pasado fuera del hogar habían estado marcadas por toda clase de desplazamientos en medio de nubes gélidas y espesas, de trayectos en vehículos de aspecto militar, de pasos inseguros sobre la nieve helada con enormes y pesadas botas, de ponerse ropa de abrigo, quitársela y volvérsela a poner. Ahora estaba en su casa y allí todo era fácil.

Era verano. También eso lo había olvidado. Bajó persianas, cerró contraventanas, ¡qué penumbra tan acogedora!

Fredi pasó el día dando vueltas por la casa, durmiendo a ratos, cerciorándose de su suerte.

Por la tarde, vinieron sus amigos. Melinda fue la última en aparecer. Fredi se alegró de verla, aunque no la había echado de menos. Probablemente, no la amaba. ¿Le amaba Melinda a él? Se sentó a su lado y enlazó su mano con la suya. Estaba espléndida con aquel vestido escotado de tonos verdes. A lo mejor la amaba.

Los amigos le preguntaron por el viaje, pero no se mostraban muy curiosos. Tampoco Fredi tenía ganas de hablar de la experiencia. No sabía cómo resumirla, qué escoger para ser contado.

—Hoy no vamos a ninguna parte —declaró Alterio—. Tienes que descansar. Vamos a encargar comida.

La mesa del comedor se llenó de platos, vasos, cubiertos, comida y bebida.

Los amigos de Fredi se fueron pronto. Fredi estaba muy pálido, dijeron. Se llevaron a Melinda con ellos, aunque ella dijo que, si Fredi quería, se quedaría. A Fredi le pareció que Melinda estaba deseando marcharse. Él, en realidad, prefería quedarse solo.

La sensación de haber estado fuera de casa durante largo tiempo se quedó en el fondo de la conciencia de Fredi. No era tanto que tuviera todo el tiempo en la cabeza los largos trayectos de ida y de vuelta y la corta e intensa estancia en el país del hielo, o que se le representara constantemente en la imaginación la figura de Lisa postrada en el lecho, a unos pasos de la muerte, ni que escuchara dentro de sí las palabras que ella había pronunciado, o que albergara en su memoria los rostros de las personas que había conocido, sino que la realidad que ahora le rodeaba le parecía extraordinaria. La conciencia de estar en su verdadero entorno, de pertenecer a él de forma indiscutible, predominaba sobre cualquier otra sensación. A la vez, le parecía que se lo habían regalado o que, durante su ausencia, una mano misteriosa le hubiera dado ligeros, apenas imperceptibles, pero fundamentales toques, de forma que había adquirido otra dimensión. Tenía más relieve, más color, más calidez. No era que se hubiera hecho más pequeño ni se hubiese encogido, no se trataba de eso. No se había perdido nada, no quedaba fuera nada valioso ni causaba la menor impresión de decepción. Todo lo contrario. Se había hecho más cercano. Todo se veía más, se oía más, emanaba intensos y diferentes olores. En realidad, se había engrandecido.

No podía comunicar a nadie estas cosas. Le tomarían por loco o por enfermo, le aconsejarían una revisión médica. A él, que era médico de cabecera y que odiaba las pruebas y los análisis clínicos. No se trataba, además, de una sensación desagradable. Saberse inmerso en aquella maravillosa realidad le proporcionaba un vago bienestar. Tanto era así, que muchas noches alegaba excusas para no sumarse a las viejas correrías nocturnas de su pandilla. Si Melinda venía a verle y se quedaba a pasar la noche, pues bien. Pero si no venía, o si venía y luego no se quedaba, pues también bien. Las noches en las que estaba solo, Fredi salía a disfrutar de la leve corriente de aire que recorría las calles de La Colonia y agitaba ligeramente las hojas de los árboles, ¡qué suave temblor! Se sentaba un rato en el café, ni siquiera pensaba. Estaba allí, era parte de todo lo que veía, como las sillas, las mesas, los camareros, las personas que ocupaban otras mesas, los paseantes y hasta los habitantes de las casas que no salían a pasear. Algunas casas tenían una o dos ventanas iluminadas. La mayoría eran sombras, edificios dormidos. Pero todo respiraba a la vez. Fredi sentía en su interior el eco de todas aquellas respiraciones.

En otoño, recibió un mensaje de Volga. Lo leyó varias veces.

«Querido Fredi Llosa: desde que te fuiste, estoy pensando en escribirte, pero no me atrevía, no quería ser inoportuna. Fue estupendo conocerte. Me gustaste desde el primer momento, porque eres un hombre sencillo y confiado. Eso fue lo que más me gustó de ti. El frío nos vuelve desconfiados. Aquí todos nos encerramos en nosotros mismos. Una estupidez. Te lo hubiera querido decir antes, pero te lo digo ahora porque ha sucedido algo que creo que te puede interesar. Cuando me preguntaste si yo sabía si había existido un hombre en la vida de Lisa, no te dije nada, porque no estaba segura de mis intuiciones, que muchas veces no son sino fantasías. Tengo propensión, desde pequeña, a soñar despierta, eso me decía mi mamá. Tenía razón. El hombre de quien sospechaba no se encontraba aquí cuando tú viniste, pero ha vuelto. Se llama Lucas Barelli, es un científico muy famoso, así que seguro que lo conoces, no sé si tiene el Premio Nobel, pero creo que sí. Es un hombre mayor, pero no viejo. A mí sí me parece viejo, pero comprendo que no lo es del todo. No usa bastón y se calza él solo las botas. Aquí viene lo bueno: se ha unido a Hernando y han comprado El Cofre de Oro, ese antro del puerto. Yo nunca he ido porque me han hablado muy mal de él. No es un sitio para chicas jóvenes. Barelli ya está harto de ser sabio y no quiere estudiar ni leer más. Son cosas que pasan con la edad. He hablado varias veces con él, porque se aloja en el hotel. Ha mencionado con bastante frecuencia el nombre de Lisa. Eso no me sorprendió, porque siempre andaba detrás de ella. Le pregunté, con toda intención, si había tenido amistad con la científica y me miró con una expresión extraña, como si yo hubiera dicho una estupidez. Me miró así durante un rato que me pareció eterno. No soy tonta y sé lo que esa mirada quería dar a entender: que habían sido amantes. Puede ser verdad y puede ser falso, pero eso era lo que él, estoy segura, quería que yo pensara. Me gustaría estar en contacto contigo, porque me gustas mucho y no descarto la idea de que vuelvas por aquí y, quién sabe, tengamos una historia de amor. Volga.»

El ceño de Fredi se frunció ligeramente. Dejó escapar un suspiro prolongado. Ahora surgía Volga. La simpática y dicharachera Volga. El ceño se disolvió. Una historia de amor, ¡vaya! ¡Qué cordiales habían sido con él en el país del hielo! Le habían recibido con los brazos abiertos. Le habían tratado como a un viudo desvalido. Le habían acompañado de aquí para allá. Habían estrechado su mano y palmeado su espalda. Repentinamente, se había visto rodeado de amigos.

Durante unos días, la imagen de Volga le venía, a ráfagas, a la cabeza. Fredi no recordaba en absoluto que le hubiera preguntado a la joven sobre los hombres con quienes Lisa se había relacionado. Tampoco recordaba de qué habían hablado los ratos que habían pasado juntos. Tenía la impresión de que había sido ella quien había hablado todo el tiempo. ¿Y qué pensar de Barelli?, ¿habría sido él el hombre que había acosado a Lisa? Sin embargo, Fredi había tenido el pálpito, al día siguiente del fallecimiento de Lisa, en la recepción que había dado Susana, de que la cara gris y hosca del marido de la doctora Altano escondía un sórdido secreto, y que era él, con toda probabilidad, el acosador. Ahora resultaba que había otro posible culpable, como sucedía en las novelas de Agatha Christie, donde a un sospechoso le sucedía otro y a este otro y, finalmente, todos parecían tener motivos para matar. ¡Ah, aquellas viejas novelas de crímenes que nadie leía ya!, ¡qué buenos ratos le habían proporcionado!

Lucas Barelli, claro que Fredi sabía quién era, aunque no había tenido el gusto de conocerle personalmente. Por una u otra razón, siempre que había estado a punto de encontrarse en persona con él, las cosas se habían torcido. Lisa había tratado a Barelli, desde luego, pero no recordaba que le hubiera comentado nada especial sobre él. Ni especial ni no especial. Claro que eso no significaba nada. Lisa podía haber actuado, en ese punto, con cautela. Su vida era su vida. Eso estaba perfectamente claro para los dos. La opinión que Fredi tenía sobre Barelli se la habían transmitido sus conocidos: era un tipo insufrible. Presuntuoso, soberbio, condescendiente con el resto de los seres humanos, evidentemente inferiores, que se relacionaban con él, a menos que quisiera obtener algo de ellos, en cuyo caso se transformaba en un adulador de lo más empalagoso. Y sí, eso también era de dominio público, acosaba a las mujeres. En resumen, un tipo estupendo.

Finalmente, Fredi redactó un mensaje:

«Querida Volga:

»Ha sido una verdadera sorpresa para mí recibir noticias tuyas. Saber que te gusto me ha llenado de alegría. No haría falta que te dijera lo mucho que me gustas tú, pero te lo digo para que no tengas dudas. El tiempo dirá si volvemos a encontrarnos.

»Mi vida aquí es completamente distinta a la que lleváis allí. Soy un hombre de costumbres rutinarias. Paso la consulta por las mañanas y dos tardes por semana. Salgo a pasear por el barrio. Voy al café de la plaza o salgo con amigos. Nada del otro mundo. Planes tranquilos. Me estoy volviendo un hombre muy sencillo. Esa fue la impresión que te di, según dices, y, finalmente, creo que sí, que soy sencillo.

»La información que me das sobre Lucas Barelli es perturbadora. Tiene muy mala reputación. Se ha hablado alguna vez de su candidatura al Premio Nobel, pero la idea nunca ha ido muy lejos. Se dice que el rumor lo lanzó él mismo. Nadie se fía de él. Ha tenido polémicas con muchos de sus colegas. Es un conspirador. Mujeriego, también. Mala persona, en suma. Si tuvo algo que ver con Lisa, estoy seguro de que ella se arrepintió luego más de una vez. Mantente alejada de él, eso es lo que te recomiendo.

»Cuídate mucho, abrígate y no vayas muy deprisa por ese suelo tan peligroso, no te vayas a caer. Escríbeme, aunque no tengas nada nuevo que contarme.

»Tu devoto,

»Fredi.»

Eso fue un placer escribirlo: «Tu devoto.» Era la primera vez que escribía esas fantásticas palabras. Siempre había querido decir algo así.

Tras enviar el mensaje, Fredi decidió ver a su amigo Petrus. De pronto, quería tener más información sobre los candidatos a acosador. Se citó con él en el Café Plaza, a la caída de la tarde. Aunque el aire era fresco, se sentaron bajo los árboles, que estaban perdiendo las hojas. Fredi se había puesto su vieja gabardina, que solía cosechar muchos elogios y que le producía la sensación de ser todavía el joven romántico y algo demodé que le había gustado ser en el pasado.

—Lisa está muerta. Si fue acosada o no, ya no importa demasiado —dijo Petrus, una vez informado del asunto—. Los dos sospechosos son, muy probablemente, hombres desagradables, capaces de eso y de más. Pero será imposible obtener pruebas concretas contra ellos. ¿Y qué harías tú en el caso de tener una certeza?, ¿te batirías en duelo con el culpable? El asunto es todavía más absurdo si consideramos que Lisa y tú ya llevabais un tiempo separados. ¿A santo de qué viene ahora tomarte esto tan en serio? Bien está que hayas querido despedirte de ella, aunque no todos los ex-maridos hubieran actuado así en circunstancias parecidas. Tú eres como eres, de acuerdo, pero no veo por qué quieres prolongar más la historia. Puedo hacer todas las averiguaciones que quieras sobre estos dos tipos, no me cuesta nada, ya lo sabes, pero ¿de qué te van a servir?

Fredi no lo discutió. Quizá Petrus tuviera razón.

Hacía rato que los cafés habían sido consumidos. Llamaron a Bolita, el dueño del café, camarero y chico para todo, y le pidieron unos combinados. Bolita era el rey de los combinados.

—¿Dos especiales?

—Sí, pero en versión suave —dijo Fredi.

Bolita desapareció en el interior del café y reapareció enseguida con una bandeja que sostenía los largos y casi desbordantes vasos. Le llamaban Bolita por eso, no porque fuera gordo, sino porque iba de un lado para otro con extraordinaria rapidez. Más que andar, rodaba.

—¿Cómo te va con Melinda? —preguntó Petrus.

—Ni bien ni mal —dijo Fredi.

—No pareces estar muy interesado en ella.

—No lo sé, la verdad. Es una gran chica, quizá se merezca algo mejor. —Se produjo un silencio. Bebieron.

—Estoy saliendo con ella —dijo Petrus—. Creo que me estoy enamorando. Ayer me presentó a su hija, una niña preciosa.

—¿Su hija? No sabía que tuviera una hija, nunca me ha hablado de ella.

—Quizá no se lo hayas preguntado.

—Esas cosas no se preguntan, ¿cómo se me iba a ocurrir que tuviera una hija?, ¿se lo preguntaste tú?

194

—Sí, me pareció que había algo raro en su vida, como si escondiera algo o quisiera mantener una parte de su vida alejada de todos nosotros. Algo que no tenía nada que ver con su actividad periodística. Tuve una intuición, creo.

—Quizá yo no sea lo suficientemente curioso —dijo Fredi—. Pero pienso que hay que respetar al otro, en todo caso. Hay cosas que uno se calla, cosas que no se pueden compartir con los demás. Eso es lo que me han enseñado.

Volvieron a quedarse callados. Volvieron a dar unos tragos a sus bebidas.

—¿Qué es lo que debo hacer ahora? —preguntó Fredi—. ¿Para qué me lo has dicho?, ¿para que rompa con ella?

—No pensaba decírtelo tan pronto. Una cosa son mis sentimientos y otra los suyos. Debería haber esperado a estar seguro. Ha sido una estupidez. Olvídalo.

—Una hija, ¿cómo lo iba a imaginar? —dijo Fredi, recorriendo con la mirada la fachada del Café Plaza.

Petrus propuso que fueran al centro. La tarde se estaba haciendo fría. No se podía estar más tiempo al aire libre.

—Ve tú —dijo Fredi—. Yo no tengo frío. Me quedo un rato más.

Cuando se quedó solo, pidió a Bolita que le preparase otro combinado, más suave aún que el anterior. Y allí se quedó una larga hora, dando pequeños sorbos a su bebida, meditando.

Por la mañana, Fredi llamó a Luciano Ayala, vecino del barrio y reputado neurólogo, que le había atendido a su llegada a La Colonia, porque había padecido de vértigos. Ese era el tipo de dolencia que escapaba a sus conocimientos médicos. Afortunadamente, los vértigos, tal como Ayala había predicho, habían desaparecido. No tenían, al parecer, un claro fundamento físico.

Ese mismo día, por la tarde, Fredi acudió a la consulta de Ayala. Le habló de lo extrañas que, desde que había regresado de su viaje, le parecían las cosas, del relieve, la luz, la sonoridad que percibía en el ambiente.

Ayala le escuchaba atentamente.

—Bien —dijo, una vez que Fredi concluyó su relato—. Parece que has experimentado una especie de trauma y todos tus sentidos se han agudizado. No es de extrañar. Has visto morir a una persona que ha significado mucho para ti, no importa que en este momento no estuvieras viviendo con ella. Y ese lugar, por lo que dices, es del todo atípico. Esa clase de comunidades, que viven tan aisladas, producen una fuerte impresión en los forasteros. Hay quien, una vez que conoce un lugar así, se queda atrapado y no puede salir de allí. Hay ejemplos de eso. Creo que la muerte de tu esposa y el extraño entorno donde ha ocurrido te han afectado profundamente. Se ha producido un trauma. Has tenido que adaptarte a toda velocidad a una situación nueva. Tus sentidos, el funcionamiento de tu cuerpo, no lo han soportado. Todo se ha alterado dentro de ti. Vamos a darnos un plazo. Lo lógico es que tus sentidos vayan recuperando poco a poco su percepción normal.

—No acabo de entender por qué fui —dijo Fredi con perplejidad.

—¿Crees que siempre sabemos por qué hacemos las cosas? Por un resto de fidelidad o de amor, quién sabe, por curiosidad, o todo a la vez. Tampoco sabes por qué tu esposa te pidió que fueras.

—No me lo he preguntado. Puede que, de pronto, se acordara de mí. El caso es que solo dijo unas palabras. Por lo que sé, fueron las últimas que pronunció. No habló con nadie más, me dijeron. Murió al día siguiente.

—Puede que necesitara hablar con alguien, sincerarse con alguien en los momentos finales de su vida. Una especie de confesión. La Iglesia lo sabe de sobra. El ser humano necesita una bendición final, algo así como una absolución. Es probable que hayas sido la persona en quien ella ha confiado más. Quiso verte, eso es todo.

A Fredi se le pasó por la cabeza la idea de compartir con Ayala la confesión de Lisa. Pero no tenía suficiente confianza con él.

—Hay otra posibilidad —dijo entonces Ayala—. El aire está cambiando. Eso no es nuevo, lo sabe todo el mundo. El aire está cambiando continuamente. Los cambios introducen elementos nuevos en el equilibrio precario, inestable, de la atmósfera. Lo que te pasa a ti coincide con algo que, según he podido saber, se está produciendo a escala planetaria: variaciones significativas en la intensidad y tonalidades de la luz, el relieve con el que se perciben los objetos y los seres vivos, la sonoridad ambiental... No descarto que una parte de tus sensaciones respondan a una realidad concreta. ¿Qué proporción?, no lo sé. Pero es algo a tener en cuenta.

—¿Quieres decir que quizá el trauma no sea tan fuerte y que los cambios se están dando, de verdad, en el exterior?, ¿que todo lo que veo y percibo no es creación o deformación mías?

—Demos tiempo al tiempo —dijo Ayala con solemnidad.

Fredi salió de la consulta con una gran sensación de alivio. Se sentía repentinamente libre de culpas y enfermedades. Al pasar por delante de la antigua iglesia vacía, sobre la que caían haces de luz dorada, se le representó en su mente un pasado que estaba más allá del tiempo que él había conocido, un pasado de contornos indefinidos pero marcado por intensos sentimientos de culpa y terribles enfermedades. Ojalá pudiera dejarse todo eso atrás.

Decidió salir esa noche con sus amigos.

Sin embargo, no les comentó nada. Ni siquiera a Melinda, que no se separó de su lado durante toda la velada.

Acariciaba su mano y reclinaba de vez en cuando la cabeza en su hombro. Petrus no manifestaba ninguna animadversión hacia él, aunque se retiró temprano. Melinda bailó y cantó. Parecía haberse impregnado de su alegría.

Aquella noche durmió solo. Melinda no podía quedarse con él. Tenía trabajo, dijo. En aquel momento, a Fredi no se le ocurrió preguntarle qué tipo de trabajo –nunca lo hacía– ni relacionó su negativa con aquella hija de la que le había hablado Petrus y de la que él no tenía la menor noticia. En medio de la noche, la idea de la supuesta hija de Melinda se le vino de pronto a la cabeza. Se lo preguntaría, claro. Llamaría a Melinda y se lo preguntaría. ¿Qué problema había? Ninguno. Si Melinda tenía una hija, podían formar una especie de familia. A él le gustaban los niños. Era Lisa quien no había querido tener descendencia. Volvió a quedarse dormido.

Hacía tiempo que Fredi no consultaba los correos electrónicos dirigidos a su cuenta personal. De los profesionales se encargaba, siempre, Gema, la enfermera, que realizaba con eficacia –aunque con cierta sequedad– sus tareas. Dios sabe por qué, después de tomar un café, decidió echar una ojeada a sus correos. ¡Tres mensajes de Volga! El primero era de hacía cinco días. El segundo, de hacía dos. El último, había llegado durante la noche.

El primero decía:

«Querido Fredi: las cosas están cambiando muy deprisa. Tal como te dije, Barelli y Hernando se han hecho socios. Ha venido gente nueva. Jóvenes de todas partes del mundo. Resulta muy curioso ver personas de razas distintas en un lugar tan pequeño. Es como un muestrario. Chuchín se va, dice que ya lleva demasiado tiempo aquí. Ahora no resulta imprescindible, dice. Ya sabes que aquí se ocupaba de todo.

Te va a hacer una visita. Todos te cogimos cariño, Fredi. Si puedes ayudar a Chuchín a encontrar trabajo sería estupendo, pero no te preocupes si no puedes. No sé cómo están las cosas por ahí. Ya se buscará la vida. Dime algo cuando puedas. Un abrazo, Volga.»

El segundo mensaje era algo más breve:

«Hola, Fredi: Chuchín quería saber tu dirección, porque ya se ha sacado su billete de avión y se va mañana, así que se la hemos pedido a Misia, espero que no te parezca mal. Está convencido de que le puedes ayudar a encontrar trabajo. Le he dicho que no se haga ilusiones y que tú no tienes ningún compromiso con él. Quítatelo de encima si se pone pesado. A mí me da igual. Un abrazo, Volga.»

El tercero era más breve aún:

«Fredi, cuando aparezca Chuchín por ahí, no le hagas ni caso. No sé quién se cree que es. No le pude quitar de la cabeza la idea de que fuera a verte. Quizá no aparezca, de todos modos. Un abrazo, Volga.»

Dios sabía lo que se traía Volga entre manos, se dijo Fredi. Bueno, si venía Chuchín, ya se le ocurriría algo. No era ningún drama.

A media tarde, llamó Melinda. Comentaron lo bien que lo habían pasado en la velada nocturna.

—Petrus me ha dicho que sabes que tengo una hija —dijo Melinda—. Vamos, que te lo dijo él. Siento no habértelo dicho yo. No te lo dije al principio y luego se me fue haciendo imposible. Nunca encontraba la ocasión. Siento que te hayas tenido que enterar por otra persona

—¿Pensabas que iba a salir corriendo?

—No pensaba nada, solo que no podía hablarte de eso. Se me ocurre que podemos ir a verte, mi hija y yo. A no ser que estés enfadado.

—No estoy enfadado. La culpa es mía. Debí haberte preguntado cosas sobre tu vida, tal como hizo Petrus.

—No hablemos de Petrus, por favor. Me pone nerviosa. Es un vanidoso insufrible.

Fredi no replicó. Bien estaba que Melinda pensara eso de Petrus, aunque a él no le pareciera que Petrus fuera uno de esos tipos que andan por ahí haciendo ostentación de sus virtudes, pero ¿quién puede saber cómo se comporta un hombre con una mujer cuando está a solas con ella?

Se concentró en poner un poco de orden en la casa. Quería causar una buena impresión a la hija de Melinda –¡ni siquiera le había preguntado cómo se llamaba!–, aunque puede que a una niña no le molestara un poco de desorden. Hacía tiempo que no se relacionaba con niños, solo los que veía por la calle, pero la única especialidad médica que le había tentado durante sus años de formación había sido la pediatría. De pequeño, su sueño había sido ser veterinario. También eso había sido arrinconado. Le entró una repentina ilusión por formar una familia, adoptar un perro, meter unas tortugas en el pequeño estanque del patio trasero, ¿qué más?, ¡plantas, más plantas! Estuvo a punto de salir a la calle en busca de plantas y de flores. También podía encargarlas. Había que arreglárselas con lo que tenía, decidió. La casa era bonita y estaba bien amueblada. En la despensa había cajas de té y de otras clases de infusiones. Vino –para los mayores– y refrescos –para la niña– en la nevera. Podía improvisar un picoteo si les entraba el hambre que, previsiblemente, les entraría. Pero ¿no estaba sacando las cosas de quicio?

¡No se trataba de un encuentro formal, por Dios!, ¡no era a una futura suegra a quien iba a conocer! Pero los menores son implacables con los adultos, se dijo. Como alguien les caiga mal, no tienen compasión. Había que ir poco a poco, sin atosigar. Tenía que jugar con las cartas que tenía. Con todo, la impresión de que iba a ser sometido a un examen no se le iba de la cabeza. Las familias de acogida y los

200

padres adoptivos tienen que pasar por eso. Ahora le tocaba a él.

El tiempo transcurría despacio. Sus invitadas se retrasaban. En aquellos minutos más de espera, Fredi estuvo varias veces a punto de salir de casa y aguardar fuera, en el café o incluso en la acera de enfrente, espiando su propia puerta. Esperar de verdad, no haciendo como que esperaba, disimulando ante sí mismo su impaciencia, algo verdaderamente absurdo, no tratándose, además, de un asunto urgente. El tiempo diría si aquella niña desconocida lo aceptaba como amigo de su madre y si él, por su parte, la aceptaba, o llegaba a adoptarla como hija.

Son ganas de darles vueltas a las cosas, se dijo Fredi a sí mismo, esta es la clase de cabeza que tengo, una cabeza giratoria.

Sonó el timbre de la puerta. Más de media hora después de lo que habían convenido. La niña tenía ocho años. Se llamaba Úrsula. Era, tal como Petrus había manifestado, una niña preciosa.

Mientras preparaban, en la cocina, algunas cosas para tomar, salió a relucir el viaje de Fredi al país del hielo. ¿Había trineos?, ¿iglús? Úrsula mostró un gran interés. Fredi no había visto ningún iglú, pero sí trineos.

—Me gustaría conocer ese país —dijo Úrsula—. Algún día iré, seguro. Es mi sueño.

Había sido el sueño de Lisa, pensó Fredi. Se lo había dicho más de una vez. Pero no parecía adecuado hablar de Lisa en aquel momento. Úrsula no le preguntó a Fredi por la razón de su viaje, solo quería saber cómo era la vida allí. Fredi le contó algunas anécdotas sobre la vida de las focas, de los pingüinos, de los pájaros de nombres extraños que sobrevolaban el cielo blanquecino y sobre toda aquella gente que iba a observarlos, estudiarlos, sacarles fotos o filmarlos. Úrsula asentía, como si estuviera al cabo de la calle.

Conocía la forma en que se reproducían, los peligros que acechaban a las crías, su capacidad de resistir sumergidos en el agua helada, la comida que preferían. Sabía de esas cosas mucho más que Fredi.

A Fredi le costó conciliar el sueño. Pensaba en Úrsula, en focas, en pingüinos, en trineos, hasta en iglús. Por unos instantes, creyó que se encontraba en su habitación del hotel Luna de Agosto, bajo la protección del capitán Ahab. Lisa no había muerto. La vio en un rincón del cuarto, inclinada sobre un cesto de madejas de lanas de distintos colores. Levantó la mirada y le sonrió, ¿cuántos colores había en sus ojos?

Un timbrazo irrumpió en el sueño de Fredi a primera –¡primerísima!– hora de la mañana. Allí estaba, delante de él, ese chico, Chuchín. Vestido de otra forma, su cabeza cubierta con una gorra de visera, no parecía recién salido del país del hielo ni de ningún otro remoto lugar. Llevaba una mochila a sus espaldas.

–Supongo que habrás recibido el mensaje de Volga –dijo Chuchín, tras los primeros saludos y entrando ya en la casa.

–Varios –dijo Fredi.

–No imaginas lo mucho que ha cambiado aquello. Para mí, que van a acabar desmantelando el laboratorio. Todo se va a enfocar en el turismo. Ese tipo, Barelli, tiene muchas ideas y, por lo que parece, tampoco le falta el dinero. A saber de dónde lo ha sacado. No me da buena espina. Ahora está en tratos con Misia, quiere comprar parte del hotel. Lo va a controlar todo, amigo. Yo, a las órdenes de ese tipo, no trabajo. A eso he venido, a trabajar. No te asustes, solo me quedaré, si me aceptas, un par de noches. Ya he hecho algún contacto. El chaval que me ha traído hasta aquí me ha dicho que en su empresa están buscando nuevos conductores.

Justo lo que mejor hago, mi especialidad. No hay vehículo que se me resista. No te daré mucho la lata, Fredi. Conozco bien los límites. Un par de días, eso es todo. Si tienes una cama, bien. Si no, puedo arreglármelas con el sofá.

–Tengo una cama –repuso Fredi–. Un cuarto, quiero decir. De momento, vivo solo. Puede que eso cambie pronto, aún no lo sé.

–Lo pillo, amigo –rió Chuchín–. Se trata de una mujer. Si es de las buenas, no la dejes pasar. El hombre no está hecho para vivir solo. Lo dice la Biblia.

Ese era, recordó Fredi, el tema favorito de Chuchín, las mujeres. Pero no le caía mal. Lo encontraba de lo más simpático. Quizá fuera cierto que solo se iba a quedar un par de días.

Tras dejar a Chuchín instalado en su cuarto –en realidad, en la casa entera–, Fredi se marchó a su consulta. Le tocaba pasar allí todo el día. No volvería hasta la tarde, le dijo a Chuchín. Había comida en la nevera.

–No te preocupes, Fredi. Soy hombre de recursos –dijo Chuchín con despreocupación.

Entre paciente y paciente, Fredi llamó a Melinda. Úrsula no le había puesto a Fredi ninguna pega, informó Melinda. Le había gustado, estaba segura. Hoy no se podrían ver. Hablarían más tarde, de todos modos.

La jornada transcurrió tranquila. Los pacientes estaban afectados por virus otoñales, catarros y leves lesiones debidas a tropiezos domésticos. Nada importante. Almorzó en el pequeño restaurante del otro lado de la calle, un sitio modesto de comida aceptable.

Empezaba a anochecer cuando Fredi llegó a casa. Los días ya habían empezado a acortarse. En el transcurso de las horas, había pensado alguna vez en Chuchín, pero el pensamiento se le iba muy pronto de la cabeza. Volvió a él mientras hacía girar la llave en la cerradura.

—¡Chuchín! —gritó—, ¿andas por ahí?

—¡En la cocina! —dijo una voz en tono jovial.

¿A qué olía? A hierbas aromáticas, a especias.

—He preparado la cena —dijo Chuchín—. Es lo mínimo que podía hacer. Mientras esté aquí, me haré cargo de la cocina. Solo serán dos días, ya te lo dije. A no ser que me quieras contratar de cocinero —rió.

—Huele muy bien —dijo Fredi.

—¡Gracias! Tú descansa, que tienes mala cara, yo me ocupo de todo. Ya he visto dónde están los platos, los cubiertos y todo lo que se necesita. ¿Usas normalmente el comedor? Quiero montar la mesa allí. He trabajado en el hotel, este tipo de cosas se me dan bien. ¿Quieres beber algo mientras termino?

—No digo que no.

Le caía bien ese Chuchín, se dijo Fredi, acomodado en su butaca. No tenía pinta de ser un timador. Dos días y adiós. No se trataba de otra cosa.

Durante la cena, en el comedor, que solo se utilizaba una o dos veces al año, Chuchín dijo que ya había hablado con el tipo que le había traído desde el aeropuerto y que parecía casi seguro que en la empresa para la que trabajaba había una plaza para él. Iban a incrementar el parque automovilístico. Mañana tenía una entrevista, y si la superaba, le harían una prueba. Era un buen candidato, eso estaba claro.

El optimismo de Chuchín era contagioso. Además, ¿qué más daba si no le salía ese trabajo? Era un hombre flexible, se acomodaba a cualquier circunstancia. Había sobrevivido durante años en el país del hielo, estaba preparado para todo. Chuchín hablaba de sí mismo como si fuera otra persona. Allí estaban los dos, uno enfrente del otro, sentados a la mesa del comedor, en la que no faltaba detalle alguno. Había platos, cubiertos y copas de sobra. Todo un despliegue.

204

En cuanto al mantel, Fredi ni siquiera recordaba que fuera suyo. Chuchín había debido de explorar en el armario del pasillo, donde se guardaban ese tipo de cosas. Quizá lo había sacado del estante de abajo, donde iba a parar todo lo que no se utilizaba.

¿Qué celebraban? No eran grandes amigos, solo simples conocidos Y, sin embargo, estaban disfrutando juntos, en la misma casa de Fredi, de una cena de restaurante de lujo.

–Lo he hecho para entretenerme –dijo Chuchín–. Cuando tienes problemas, lo mejor es estar ocupado. También quería agradecerte tu hospitalidad.

–Vamos al Café Plaza –propuso Fredi–. Hay que brindar por tu suerte.

Se sentaron dentro. La noche era fresca. Bolita se les acercó enseguida.

–¿Sabes lo que se me ha ocurrido, Chuchín? –dijo, después de saludar a Fredi–. Si no te sale el trabajo de conductor, me puedes echar una mano aquí. Me estoy haciendo viejo, ya no puedo con todo.

–Os conocéis... –aventuró Fredi.

–Vine esta mañana –dijo Chuchín–. Gracias, Bolita. Lo mío son los coches, pero puedo ser camarero, desde luego. Lo tendré en cuenta.

–Te las arreglas muy bien, Chuchín –dijo Fredi, mientras Bolita se alejaba–. Haces amigos enseguida.

–Hacer amigos es fácil –dijo Chuchín–. Lo difícil es conservarlos.

La luz de las farolas caía sobre los árboles de la plaza. A Fredi se le vino a la cabeza el personaje de una novela –no recordaba el título ni el nombre del autor– que en determinado momento se preguntaba si se había convertido en un viejo sin darse cuenta, sin saberlo. Quizá le quedara poco tiempo de vida, esa era la cosa, la verdad que de pronto se le hizo palpable. Se había alejado demasiado de los otros.

Antes de tiempo. Había ido cortando vínculos con unos y con otros, como si fuera a emprender un largo viaje. Y de pronto no quería marcharse. No lo deseaba con suficiente claridad. No se estaba demasiado mal allí.

Sin embargo, no era como los otros, los que de verdad estaban en el mundo. Lo que había aprendido de la vida eran cosas aisladas, revelaciones instantáneas. Podían ponerse una detrás de la otra y formaban una ristra de algo, pero era una línea tan delgada como el rayo que repentina y fugazmente traza su luz en el cielo oscuro. Delgado y etéreo, así era el hilo que lo unía al mundo.

–¿Crees que soy un viejo, Chuchín? –preguntó.

Pero Chuchín no contestó. Alzó la mano y esbozó un gesto en el aire, como quien espanta una mosca impertinente. Luego se rió e hizo una señal a Bolita.

Bolita se sentó con ellos. Habló de su oficio, de lo mucho que siempre había querido tener un café de su propiedad. Aún se asombraba todos los días de haberlo logrado. Chuchín le felicitó. Era admirable, dijo, perfectamente convencido.

Fredi los miraba. Escuchaba sus palabras.

El local estaba vacío. Las bombillas, protegidas por las pantallas que sobresalían, cada cierto trecho, de las paredes, parecían estar a punto de fundirse. Aleteaban como mariposas. Pero podían durar eternamente, repitiendo ese temblor hasta el infinito. Había algo por encima de la fragilidad de los muebles que poblaban el local, las mesas, las sillas, los pequeños objetos. Ciertamente, podían ensuciarse, romperse, desaparecer, pero en aquel momento no solo existían, sino que duraban. Duraban, sí. Porque habían llegado hasta allí y se habían hecho eternos.

–Admirable, sí –susurró Fredi.

ÍNDICE